NOUVELLES DE LETTONIE

Miniatures
Collection produite par Marc Wiltz, créée par Pierre Astier
et dirigée par Alexis Bernaut

DANS LA MÊME COLLECTION :

- NOUVELLES D'HAÏTI
- NOUVELLES DE L'ÎLE MAURICE
- NOUVELLES DU BENGALE
- NOUVELLES DU LIBAN
- NOUVELLES D'ISRAËL
- NOUVELLES DU MALI
- NOUVELLES DE CORSE
- NOUVELLES DE TURQUIE
- NOUVELLES DU MEXIQUE
- NOUVELLES DE GUADELOUPE
- NOUVELLES DU SOUDAN
- NOUVELLES D'ALGÉRIE
- NOUVELLES DE CATALOGNE
- NOUVELLES DU SÉNÉGAL
- NOUVELLES D'ARGENTINE
- NOUVELLES DE MADAGASCAR
- NOUVELLES DU CAMEROUN
- NOUVELLES D'ISLANDE
- NOUVELLES DU MAROC
- NOUVELLES DE SERBIE
- NOUVELLES D'UKRAINE
- NOUVELLES DE TUNISIE
- NOUVELLES DE LA RÉUNION
- NOUVELLES DE SINGAPOUR
- NOUVELLES DE CÔTE D'IVOIRE
- NOUVELLES D'ÉGYPTE
- NOUVELLES DE NOUVELLE-CALÉDONIE
- NOUVELLES DE CORÉE
- NOUVELLES DE MALAISIE
- NOUVELLES DE CUBA
- NOUVELLES DU CONGO
- NOUVELLES DE BRETAGNE
- NOUVELLES DE COLOMBIE
- NOUVELLES DE HONGRIE
- NOUVELLES DE MONTRÉAL
- NOUVELLES DE TAÏWAN
- NOUVELLES DE SUISSE
- NOUVELLES DU PÉROU
- NOUVELLE DE BELGIQUE
- NOUVELLES DU RWANDA
- NOUVELLES DU CHILI
- NOUVELLES DE SUÈDE
- NOUVELLES DE L'INDE DU NORD
- NOUVELLES DU COSTA RICA
- NOUVELLES DE MARTINIQUE
- NOUVELLES DE L'INDE DU SUD
- NOUVELLES D'ESPAGNE
- NOUVELLES D'OCCITANIE
- NOUVELLES D'AFRIQUE DU SUD
- NOUVELLES DE CHINE
- NOUVELLES D'EQUATEUR
- NOUVELLES DU TEXAS

Ce livre a été publié avec le soutien
de la « Plateforme Littérature lettone »

LATVIAN
LITERATURE

MINIATURES

NOUVELLES DE LETTONIE

MAGELLAN & Cie

Nouvelles de Lettonie

Textes traduits du letton par Nicolas Auzanneau

Avant-propos

La Lettonie, pays de deux millions d'habitants sur la rive orientale de la mer Baltique, frontalier de la Lituanie, de l'Estonie, de la Russie, de la Biélorussie et de la Suède, fait assez peu parler d'elle dans le vaste monde. Gageons que dans le domaine de la littérature en tout cas, cet état de fait évoluera vite. Il m'aura suffi de deux jours à Riga, à la rencontre d'auteurs, de traducteurs, d'éditeurs, de critiques et d'acteurs des métiers du livre lettons, pour être frappé – et convaincu – par la vitalité et la jeunesse de la scène littéraire.

La littérature lettone, au moins sous sa forme écrite, ne date que du XIXe siècle. Qu'on l'entende donc comme un paradoxe ou comme une évidence, l'histoire des lettres lettones dans leur acception occidentale habituelle, où l'écrit prime, est en fait assez récente. Jānis Andrups souligne dans l'*Encyclopaedia Britannica* que la perte d'indépendance politique de la Lettonie dès le XIIIe siècle a entravé l'épanouissement naturel de sa littérature à partir de son folklore poétique, et que l'histoire des lettres lettones peut en partie s'expliquer comme autant de tentatives renouvelées de rétablir cette connexion. Au XVIIIe siècle, dans la veine des

Lumières, c'est Gotthard Friedrich Stender qui donne à la Lettonie ses premières œuvres profanes

On situe la naissance d'un lyrisme proprement letton au milieu du XIXe siècle, chez le poète Juris Alunāns dont le recueil *Dziesmiņas* (*Petites Chansons*) est paru en 1856, la même année que *Les Fleurs du mal* de Charles Baudelaire. Le premier roman letton majeur, *Mērnieku laiki* (*Le Temps des arpenteurs*), de Reinis et Matīss Kaudzīte, description réaliste de la vie paysanne lettone, date de 1879. Quant au théâtre et à la nouvelle sous leur forme moderne, c'est à Rūdolfs Blaumanis qu'on doit leur essor.

Par la suite, l'évolution de la littérature lettone est étroitement liée aux bouleversements historiques du pays. 1905 voit le premier exil d'intellectuels. En 1918, avec la première indépendance, c'est le modernisme qui saisit les arts et lettres ; le poète Aleksandrs Čaks se fait ainsi le chantre de Riga, de sa pauvreté, de ses prostituées.

Après la Seconde Guerre mondiale, les grands auteurs lettons vivent pour la plupart en exil : un temps, l'épicentre des lettres lettones se situe à l'étranger ; de jeunes écrivains publient à Stockholm, Londres ou New York. D'autres sont envoyés au goulag. Cette expérience de la déportation a été décrite dans le livre de Sandra Kalniete, théoricienne de l'art aujourd'hui députée au Parlement européen, *En escarpins dans les neiges de Sibérie* (traduit du letton par Velta Skujina, éditions des Syrtes, 2003) ou dans les puissantes nouvelles de Valentīns Jākobsons réunies dans le recueil *Petit-Déjeuner à minuit* (éditions du Cygne, traduction Gita Grīnberga et Jean-Jacques Ringuenoir, 2019). Malgré la censure et l'oppression, la période soviétique a vu l'émergence d'œuvres puissantes, comme celle Vizma Belševica (1931-2005) dont le roman autobiographique *Bylle* vient de paraître en traduction française (éditions du Cygne, traduction Gita Grīnberga et Jean-Jacques Ringuenoir, 2022).

La diversité des parcours rend donc compte de la complexité de l'histoire et des problématiques de ce pays.

C'est la chute de l'Union soviétique et la restauration de l'indépendance de la Lettonie qui ont provoqué le plus récent des bouleversements de l'histoire littéraire lettone. La fin de la censure a créé un appel d'air dont de nombreux écrivains, alors débutants ou confirmés, ont su tirer parti et explorer des formes jusqu'alors inédites ici.

Le traducteur Jayde Will cite entre autres en exemple, parmi les écrivains ayant fait parler d'eux depuis le tournant du millénaire, trois auteurs du présent recueil : Pauls Bankovskis (1973-2020) dont le roman *Eiroremonts* (*Rénovation à l'européenne*), paru en 2005, revient sur la période de capitalisme débridé et de chaos social post-soviétique ; Svens Kuzmins, dont l'inspiration foisonnante doit beaucoup au réalisme magique ; Jānis

Joņevs enfin, et sa chronique autobiographique sur fond de heavy metal *Jelgava 94* (traduite en français sous le titre *Metal* par Nicolas Auzanneau, traducteur des nouvelles de ce recueil). Et tant d'autres que, hélas, nous n'avons pu retenir pour la présente publication.

Surtout, Jayde Will relève le retour en force de la nouvelle dans le paysage littéraire letton. On s'en rendra compte à la lecture des six textes suivants, d'inspirations diverses, où l'histoire contemporaine est passée au tamis de l'humour et de la dérision (Arno Jundze), où la problématique de la frontière est traitée avec délicatesse (Sabīne Košeļeva), où la relation toujours vive à la nature et à l'environnement ne cède à aucune sensiblerie (Svens Kuzmins ou Andra Neiburga). Un éloquent aperçu, souhaitons-le, de la sensibilité propre à ce pays à la fois proche et lointain, au destin singulier.

Alexis Bernaut

Comment éliminer Cecīlija Bočs ?

Monologue d'un cœur brisé sur le divan d'un psychothérapeute

Arno Jundze

Non, non, docteur, vous avez parfaitement compris. Et c'est en toute bonne foi que j'en étais venu à la conclusion que la seule manière de me faire enfin une place au soleil, c'était de régler son compte à Cecīlija Bočs, cette vieille dame si gentille et totalement inoffensive, sachant que la brave femme qui approchait alors de ses quatre-vingts ans remettait en permanence à plus tard son départ inéluctable.

Vous me prenez pour un dingue ?

Et puis vous allez me dire que de nos jours, pour se payer un dîner frugal dans un restaurant quelque peu raffiné, il faudrait éliminer au bas mot une douzaine de petites mémés sans défense ? Le genre de blague stylée à la Raskolnikov – avec une hache et du bortsch[1] en guise de zakouski[2].

1. Soupe de betteraves que l'on retrouve dans plusieurs pays slaves. (N.d.É.)

2. Hors-d'œuvre. (N.d.É.)

Ce à quoi, docteur, je vous répondrai que tout dépend des circonstances. Je veux bien qu'un jour, quelque part, quelqu'un ait dû un jour vraiment mouiller la chemise pour massacrer son quota de petites vieilles, mais en ce qui me concerne, moi, j'aurais fort bien pu me satisfaire de la seule Cecīlija Bočs.

Ah, oui, zut ! J'ai oublié de me présenter – ce que cette expression peut d'ailleurs me taper sur les nerfs ! Comme s'il s'agissait de « présenter » un animal de foire ! Je m'appelle donc Augusts Bočs, et je suis le seul et unique héritier de Cecīlija Bočs, ce qui expliquera de nombreux aspects de l'affaire criminelle qui nous occupe. Bon, si je comprends bien, pour cette première séance, il me faut dire quelques mots sur ma propre personne. Bon ben, si c'est ainsi, allons-y !

J'ai quarante-sept ans, je suis, comme vous pouvez le voir, de petite taille, plutôt enrobé, avec cette légère calvitie que je dissimule opiniâtrement en rabattant une mèche sur le sommet du crâne. J'ai un certain embonpoint que je m'efforce de contenir au moyen d'un ceinturon. Je suis myope, célibataire. J'ai failli me marier une fois, mais l'affaire a fait long feu. Ça fait un sacré bail, c'était encore sous Andropov[3]. La fille avait fini par s'envoler avec un chef d'entrepôt friqué, le

3. Iouri Andropov (1914-1984) a succédé à Léonid Brejnev pendant quinze mois à la tête de l'Union soviétique. Il avait été président du KGB les quinze années précédentes, entre 1967 et 1982. (N.d.É.)

genre de gars avec Jigouli n° 7[4] et datcha[5] à Saulktrasti[6]. Je vais dire les choses comme elles sont – les gars comme moi, les filles ne les voient même pas. Ce qu'elles aiment, ce sont les machos riches et costauds, Marlboro entre les dents et larfeuille bien gonflé. Ce n'est un secret pour personne que je ne réponds à aucun de ces critères. Jusqu'à un passé récent, la plus grosse somme à avoir échoué dans mon famélique boursicot ne dépassait pas les deux cent cinquante lats[7] – sachant que, croyez-moi ou non, c'était par terre que je les avais trouvés, dans la rue. Ce n'est pas bien compliqué : je me balade, je les vois, je les ramasse. Les billets étaient probablement tombés de la poche d'un richard, ou alors ils avaient échappé à un frimeur qui avait brandi sa liasse sous le nez des filles, histoire de montrer qu'il était plein aux as. C'était devant le restaurant Sēnīte. Vous ne vous rappelez pas ce repaire de truands ? Il y avait toujours un mafieux pour se faire descendre par ici, en plein centre de Riga, juste à côté de l'église Sainte-Gertrude[8] ? À l'époque, il y avait de

4. Il s'agit de la Lada 2107, version « de luxe » de la 2105. Lancée en 1982, elle fut produite jusqu'au printemps 2012 par l'entreprise AvtoVAZ. (N.d.T.)

5. Maison secondaire. (N.d.É.)

6. Petite ville balnéaire située sur la côte orientale du golfe de Riga (à quarante-cinq kilomètres au nord de Riga). (N.d.T.)

7. Monnaie lettone avant le passage à l'euro au 1er janvier 2014 (environ 1,5 EUR pour 1 LVL). (N.d.T.)

8. Ģertrūdes baznīcas (en letton) – église située à l'angle de la Ģertrūdes iela et de la Baznīcas iela, « iela » signifiant « rue ». (N.d.T.)

sacrées tronches qui rôdaient dans le secteur, et leurs « banquiers » se faisaient exploser dans la rue. Tous les journaux ne parlaient que de ça...

Ah, oui ! J'ai oublié de vous dire que je suis ingénieur-constructeur de métier, soit une spécialité qui n'est plus d'aucune utilité pour personne. Diplômé de l'Institut polytechnique de Riga Arvīds Pelše[9], promotion 1977. Si on ne compte pas les trois ans de service militaire dans un bataillon du génie, j'ai eu mon premier emploi à l'usine VEF[10] – le fleuron légendaire de l'industrie soviétique lettone. Constructeur junior au bureau des constructeurs. Cent dix roubles de salaire mensuel. Après, je suis passé constructeur ordinaire à cent vingt-cinq roubles. Puis j'ai continué mon bonhomme de chemin jusqu'à l'*Atmoda*[11]. Ça tanguait de partout, ça s'effondrait, ça partait en morceaux. Au bout du compte, mon bureau des constructeurs a pris à son tour le bouillon, et je me suis retrouvé sans travail. Lorsque feu ma pauvre maman – que la terre lui soit

9. Arvīds Pelše (1899-1983), révolutionnaire, tchékiste et dignitaire soviétique de premier plan, un des rares bolcheviks lettons de cette génération ayant échappé à la grande purge des années 1937 1938. L'institut a été remplacé en 1990 par l'Université technique de Riga. (N.d.T.)

10. Valsts elektrotehniskā fabrika (Usine électrotechnique d'État) ou VEF, complexe industriel mécanique, audiovisuel et électronique. (N.d.T.)

11. *Atmoda* (letton), l'« éveil » (national). On parle aussi de *Trešā Atmoda* (Le Troisième Éveil) ou plus couramment en français de *Dziesmotā revolūcija* (La Révolution chantante). Le terme qualifie la période qui va de 1986 à 1991, caractérisée par une émancipation nationale croissante dans le contexte de la Perestroïka qui aboutit à l'effondrement de l'Union soviétique et au rétablissement de la démocratie. (N.d.T.)

légère ! – a appris la nouvelle, elle a fondu en larmes : « Nous les Bočs, dans la famille, nous sommes tous de gros bosseurs, mais toi, tu n'es qu'un propre-à-rien. Tu me dégoûtes, tiens. Qu'est-ce qu'il pourra advenir d'un saligaud pareil, on se demande. »

Et vous savez quoi, ma mère avait raison. Je suis un parfait jean-foutre. Ça me fait mal au cœur de le reconnaître, mais c'est ainsi. Alors que les autres privatisaient, volaient, trichaient, faisaient du fric à tire-larigot, moi je n'étais bon qu'à les regarder faire, honnête comme Antiņš dans la pièce de Rainis[12]. En plus bête... Nettement plus bête.

La suite ? Comme aurait dit feu ma pauvre maman, ça vous dégoûte rien que d'y repenser. Une fois qu'elle a été morte, je me suis fait embaucher comme gardien de nuit, puis comme débardeur, et enfin, pour une courte période, à la morgue, comme manutentionnaire. Il faut bien gagner sa croûte, et puis payer les factures pour l'appartement. À une époque où d'autres se mettaient des millions plein les poches, achetaient des Mercedes, partaient en voyage à l'étranger – moi, pour fumer, je ramassais les mégots. Ça vous fait froid dans le dos, pas vrai ?

Et oui, docteur, c'est ainsi ! Si vous entendez comprendre pourquoi, pour me faire une situation, j'en suis venu, de la façon la plus sérieuse du monde, à

12. Antiņš est un personnage de la pièce *Zelta zirgs* (Le Cheval d'Or) de Rainis (1865-1929), pseudonyme de Jānis Pliekšāns, écrivain et homme politique letton – le grand homme par excellence. (N.d.T.)

devoir trancher sur la question du meurtre de Cecīlija Bočs, nous allons devoir procéder comme dans ces accablants romans classiques lettons, et retracer par le menu l'histoire de mes aïeuls.

Non, non ! Pas de panique, docteur ! Je ne vais pas vous faire perdre votre temps précieux en vous récitant branche par branche mon arbre généalogique depuis l'âge d'Adam, ou en vous révélant les petits secrets de la vie intime d'un baron balte et de sa cuisinière lettone. En bref, durant la première indépendance[13], mon grand-père était un boucher cossu – il avait été formé comme intendant de manoir et, jusqu'à la Révolution russe, il administrait un immense domaine quelque part dans le gouvernorat de Samara. À la fin de la Première Guerre mondiale, les communistes prirent le pouvoir en Russie, et il comprit rapidement que, sous le régime de Lénine, la vie allait vite être invivable et, accompagné de ma grand-mère, il décida de rentrer en Lettonie.

Par miracle, mon *Großvater* fut assez malin pour embobiner aussi bien les maraudeurs russes que les douaniers rouges – lesquels, à l'époque, ne valaient pas mieux que les maraudeurs. Avant même l'entrée dans le tumulte de la guerre civile, Benedikts Bočs avait, en visionnaire, converti la totalité de son patrimoine en pièces de dix roubles or, qu'il avait dissimulées dans les

13. Le texte dit « *Latvijas laiki* » (L'époque de la Lettonie), soit au cours de la première indépendance, qui se divise en deux périodes : la première République démocratique (1919-1934), puis la dictature agrarienne paternaliste de Kārlis Ulmanis (1934-1940). (N.d.T.)

pieds du lit métallique, dans les talons de ses bottes et autres cachettes improbables, tout en prenant soin de laisser bien en évidence au fond du sac de voyage une bourse contenant quelques pièces d'or et d'argent et une poignée de roubles « Kerenski »[14] sans aucune valeur. Les calculs de *Großvater* se révélèrent brillants. La bourse et le sac de voyage, les cuillers en argent et la porcelaine de Meissen vinrent gonfler le butin de Ruskoffs cupides, lesquels, par la même occasion, en profitèrent pour bousculer quelque peu la couronne de fiançailles de la grand-mère, Elizabete Bočs, sachant que, dans le chaos post-révolutionnaire, il valait mieux regarder ailleurs en attendant que ça se passe si l'on ne voulait pas se retrouver avec une baïonnette entre les côtes. Le plus important, c'était quand même que le couple Bočs parvînt à faire entrer son or en Lettonie. De l'or, beaucoup d'or.

Bien assez pour acquérir un lopin plus que correct avec une petite baraque en bois de ce côté de la Tērbatas iela, et aussi pour ouvrir un premier magasin. Le vieux Bočs était sans conteste un type astucieux, et il avait compris que, dans cette république naissante, il eût été déraisonnable de se lancer dans des projets trop fumeux – quand les temps sont durs, les gens pensent d'abord et avant tout à ce qu'ils ont dans le ventre.

14. Du nom de Alexandre Kerenski (1881-1970), membre du Parti socialiste révolutionnaire qui prit la tête du gouvernement provisoire en Russie en juillet 1917, avant d'être chassé du pouvoir par les bolcheviks lors de la révolution d'Octobre. (N.d.É.)

L'idée de la boucherie s'avéra tout aussi géniale que le coup des pièces d'or dans les pieds du lit, et en effet, docteur, croyez-moi ou non, mais à l'aube des années 1940, Benedikts Bočs possédait quatre boucheries aux quatre coins de Riga, trois étals au Marché central et deux immeubles de rapport en brique dans cette même Tērbatas iela. Ajoutons qu'une fois de retour au pays, ma grand-mère, femme pleine de vitalité, se remit peu à peu de sa mésaventure avec les gardes-frontières – par chance les Rouges ne l'avaient gratifiée d'aucune pathologie sévère – et, en 1923, au mois de mars, elle offrit à Benedikts sa première héritière, puis deux ans plus tard, Genoveva, feu ma pauvre maman, reçut une petite sœur : Cecīlija.

Oui, oui ! il s'agit bien de cette vieille sorcière de Cecīlija Bočs, celle-là même que, le plus sérieusement du monde, je voulais assassiner. Avec l'approche moderne, on se plaît aujourd'hui à souligner dans les journaux la complexité des processus historiques, pourtant, le destin ultérieur de ma famille apparaît d'une simplicité qui confine à la banalité. En 1940, les communistes jetèrent le vieux Bočs à la prison centrale, et pour s'épargner la peine de le transférer en Sibérie, ils le fusillèrent sur-le-champ – quant aux boucheries et aux immeubles de rapport, ils furent nationalisés dans la foulée. Sous l'occupation allemande, ces biens repassèrent sous l'administration d'Elizabete Bočs et de ses deux filles – qui étaient désormais bonnes à marier. Cecīlija, la plus jeune, se révéla en la matière la plus entreprenante des deux et, pas plus tard qu'en 1943 – à dix-huit ans juste passés –, elle entraîna devant l'autel un « étalon pur-sang » comme disait ironiquement ma feue maman – un officier SS blond, Letton de Courlande, soit dit en passant – qui officiait dans les pinèdes de Rumbula[15], aux côtés de Viktors Arājs[16], de sinistre mémoire.

Inutile de préciser que, le retour des Russes devenant imminent, Cecīlija et son SS ne tardèrent pas à prendre leurs cliques et leurs claques. En chemin, quelque part en Silésie, leur train fut bombardé, et le blondin pur sang tué sur le coup. Attaque en piqué, en plein dans le mille. Ce fut alors qu'au milieu des wagons en flammes, la pauvre Cecīlija fut prise de contractions et accoucha avant terme. L'enfant ne survécut pas, et la malheureuse mère eut pour séquelles la perte définitive de sa fécondité. Pour mon plus grand bonheur, disons-le. La fille aînée, Genoveva Bočs, passa, elle, cette période terrible, ici même, en Lettonie. La fille et la mère, cela

---

15. La forêt de Rumbula est située dans la proche banlieue de Riga. Au cours de deux journées, les 30 novembre et 8 décembre 1941, les Allemands de l'*Einsatzgruppe A* commandé par l'*Obergruppenführer* Friedrich Jeckeln, assistés par les supplétifs lettons du *Sonderkommando* Arājs y massacrèrent par balles quelque vingt-cinq mille Juifs pour la plupart issus du ghetto de Riga. (N.d.T.)

16. Viktors Arājs (1910-1988), collaborateur nazi d'origine lettone, commandant de la SS (*Sturmbannführer*) et chef sanguinaire de l'unité paramilitaire *Sonderkommando Arājs* à qui est attribuée l'extermination de la moitié des Juifs lettons (environ soixante-dix mille personnes en 1939). Arrêté en 1975 en Allemagne où il vivait sous un faux nom, il a été condamné à perpétuité pour crimes de guerre et mourut en prison. (N.d.T.)

va de soi, avaient réuni dans une valise leurs biens les plus précieux avec l'intention de sauter à bord du premier esquif – mais au dernier moment, le cœur de ma grand-mère lâcha. Le deuil retint Genoveva durant une semaine, puis elle réétudia son terrain de chasse. Pendant ce temps, à Riga, les communistes avaient pris les manettes du pouvoir, et fuir n'était plus une option. Soyons honnêtes, dans la situation difficile où elle se trouvait, maman ne perdit pas le nord.

Comprenant parfaitement la tournure que prenaient les événements, elle ne tarda pas à mettre le grappin sur un solide major de la Tchéka – dont je suis, paraît-il, le portrait tout craché. Le mariage était exclu, vu que le bonhomme était déjà marié quelque part en Russie, mais le fait d'entretenir des relations intimes avec un agent des organes spéciaux permit à ma mère d'échapper à la déportation, puis de faire son trou dans une entreprise commerciale d'État comme magasinière, fonction qui, à l'époque, valait son pesant d'or. Staline mourut en 1953, et le tchékiste de maman fut rappelé à Moscou – disons qu'il s'en retourna auprès de sa femme russe légitime. Je naquis en 1954. Et en 1989, Genoveva Bočs fut à son tour terrassée par une crise cardiaque.

Les médecins délégués sur place constatèrent un infarctus sévère. Elle rendit l'âme dans l'ambulance qui la conduisait à l'hôpital. Je me retrouvai seul. Pour être franc, c'était extrêmement déplaisant, car jusqu'à ses derniers instants, c'est ma mère qui faisait tourner la maison, qui prenait la queue dans les files interminables, qui préparait nos repas. En fait, j'étais le type même du vieux garçon incapable de faire quoi ce soit de ses dix doigts, totalement dans la mouise. Tout mon monde était chamboulé, tout partait en morceaux. J'arrivai tant bien que mal à garder la tête hors de l'eau et je dois avouer que plus d'une fois je fus à deux doigts de monter au grenier et de me passer la corde au cou entre les draps et les torchons des voisins. J'étais un zéro complet, un raté, un débile, et cela me rongeait. Partout, ce n'étaient que boutiques pimpantes, restaurants, salles de billard, voitures de luxe : tous ces attrape-nigauds dont, pendant cinquante ans, les honorables citoyens soviétiques n'avaient pas même osé rêver et moi, j'étais là comme un mendigot, avec pas même trois sous pour me payer une mousse !

Encore, je ne dis pas, si j'avais été ivrogne, dégénéré total, malade ou déséquilibré. Mais non, docteur ! Rien de tout cela ! J'étais un gars normal, diplômé de l'enseignement supérieur, un ingénieur – et un bon, pardessus le marché ! Mais j'étais, vous me pardonnerez la crudité de l'expression, dans la merde jusqu'au cou. C'était bien parti pour mal finir, mais ce fut alors que l'indépendance fut rétablie, et la dénationalisation des biens confisqués proclamée. Pour un calamiteux dans mon genre, pouvait-on imaginer une plus formidable bénédiction ? Deux immeubles de rapport pour ainsi dire en plein centre de Riga ! (Le troisième avait brûlé après la guerre) Que demander de plus ?

Par-dessus le marché, ma mère avait été assez prévoyante pour conserver tous les papiers de famille, notamment les actes de naissance et de décès de plusieurs générations de Bočs ! Et là, alors que je venais de décider de façon quasiment ferme et définitive que, dans un premier temps, avec l'argent du premier appartement vendu, je me contenterais de tout bonnement me laisser vivre aux côtés d'une blonde aux jambes interminables, cette vieille harpie fit son apparition, débarquant directement depuis Toronto – avec une correspondance *via* Copenhague, bien entendu. Près de quarante ans s'étaient écoulés, sans la moindre lettre, et là, appâtée par l'odeur du gain, elle venait comme une sangsue se coller à nous ! La descendante des Bočs dans toute sa splendeur ! J'aurais d'ailleurs probablement été bien inspiré de faire aussitôt valser la rombière dans le puits de l'ascenseur. Au premier abord, elle était comme un petit nuage – grisonnante, toute menue, souriante. Elle voulait rénover la maison de son père. Elle était prête à revendre sa villa dans le lointain Canada, et à investir dans ce projet la totalité de ses économies, lesquelles étaient tout sauf négligeables.

Quoi qu'il en soit, en tant qu'unique héritier, je finirais tôt ou tard par récupérer le tout – ce qui était à elle, et tout le reste des biens ayant appartenu aux

Bočs, mais pour l'heure, je n'avais pas un sou vaillant. Désargenté comme je l'étais, que pourrais-je bien faire de ces immeubles ? Pour gagner de l'argent, il fallait commencer par en dépenser – et seul un imbécile chercherait à revendre ses appartements en l'état. L'argent tiré de la vente ne tarderait pas à fondre comme les neiges d'antan, et je comprendrais bien vite que la totalité du patrimoine des Bočs aurait été débité en rondelles, et qu'il ne me resterait plus alors qu'une cave sans valeur et un grenier. Je dois admettre que la vieille bique tenait des propos hautement sensés, mais par-dessus tout, sucrés comme le miel, comme si le démon lui-même s'ingéniait à m'embrouiller les esprits.

Très franchement, je m'étais mis moi-même à penser que les immeubles étaient dans un état de délabrement avancé, avec leurs toitures rouillées, avec – pardonnez-moi la crudité du propos – leurs cages d'escalier compissées, antres pour cafards communautaires, surpeuplées de locataires chicaniers. C'était une évidence, pour faire du fric dans cette affaire, il fallait commencer par investir. En bref, docteur, Cecīlija Bočs m'avait convaincu. Elle ouvrit grand son porte-monnaie (qui, au sens propre, était sacrément épais), et en l'espace de quelques mois, elle reprit en main toutes nos propriétés. Vous savez, lorsque, par des petits cadeaux choisis, l'on sait faire plaisir aux gens qui comptent à la mairie, vos affaires avancent à toute allure. Lorsque les immeubles et les terrains furent repris, nous allâmes chez le notaire, et là, parole d'honneur, Cecīlija Bočs me léguait la totalité de ses biens de Lettonie et du Canada, et elle me désignait, par-dessus le marché, administrateur de ses propriétés. À ce stade, tout était bel et bon, mais ce n'était qu'un début...

Les déboires commencèrent dès le premier mois d'intendance des immeubles, lorsque je découvris que la vieille était en vérité radine comme la plus authentique charogne ! Attention ! N'allez pas vous imaginer qu'elle allait se nourrir dans les poubelles ou qu'elle se promenait en guenilles : bien au contraire ! Cette grande dame appréciait les belles choses, et jamais elle ne commandait de vin à moins de dix lats la bouteille. Et malgré cela, je devais lui rendre des comptes pour chaque centime dépensé. En outre, la morue ne comprenait rien du tout au système fiscal letton. Rappelez-vous le milieu des années 1990, comme c'était romantique ! L'anarchie totale et l'effondrement des illusions que pouvaient encore nourrir les entrepreneurs honnêtes, pas vrai, docteur ? En un battement de cils, ta banque banqueroutait, et tu te retrouvais dépouillé. Lorsque tu avais besoin d'un service – un artisan, un ouvrier, un transporteur de déchets –, jamais de facture, jamais de ticket. Et s'il te fallait quoi que ce soit de l'administration communale, tout n'était que bakchich, pot-de-vin et dessous de table.

La fin de l'année arrive, et débarque l'inspecteur des impôts – bête comme un pot –, qui se met à additionner les taxes comme s'il n'y avait jamais eu ni Lavents ni Freimanis[17], et surtout comme si l'entretien de vos immeubles ne vous avait pas coûté un kopeck ! Palsambleu ! Et puis tous ces justificatifs comptables qu'il faut absolument produire ! Des factures pour ceci, des factures pour cela ! Et moi, j'ai sur les bras une vieille tante qui achète en masse des matériaux de construction et qui est incapable de se rappeler où elle les a achetés... Débrouille-toi après cela pour reconstituer le puzzle et ne pas te faire traîner devant le tribunal par l'inspection des impôts. Pire encore ! Lorsque les choses ne se passaient pas comme elle voulait, Cecīlija Bočs montait sur ses grands chevaux et faisait porter le chapeau à son incapable fondé de pouvoir. Voyez, docteur, quand on est salarié dans une entreprise, on peut tirer sa révérence et aller voir ailleurs ! Quel conseil m'auriez-vous donné alors, à moi, le mandataire en attente d'héritage ?

Je ne pouvais pas l'envoyer sur les roses, sinon, Dieu m'en préserve, la vieille Bočs risquait de se raviser, de

---

17. Référence à la banqueroute de la *Banka Baltija* en 1995, créée par Aleksandrs Lavents (directeur) et Tālis Freimanis (président) en 1993. Liée au crime organisé et aux services spéciaux russes, elle s'imposa rapidement comme l'un des tout premiers établissements bancaires de la jeune Lettonie indépendante, le volume des dépôts passant en deux ans de 25 à 200 millions de dollars. Sa faillite soudaine ruina des centaines de milliers d'épargnants. (N.d.T.)

corriger son testament et de léguer tout son patrimoine à l'université de Lettonie ou à un refuge pour chiens. Ne rigolez pas, docteur, je suis sérieux ! Cecīlija Bočs avait une conception très singulière de la compassion. Vous pouvez ne pas me croire, mais chaque jour, elle achetait chez Lido[18] au moins deux kilos de saucisses de Francfort pour les donner aux chats des rues. Imaginez un peu le tableau ! Une petite dame aux cheveux blancs, en chic manteau de chez Sears et petits souliers Gucci, allant apporter des saucisses aux chats des poubelles ! Si ça ne tenait qu'à moi, je vous éliminerais toutes ces saloperies, et leurs propriétaires avec. Un jour, on était dans le taxi, et soudain elle se met à crier de façon hystérique : elle venait d'apercevoir un bâtard pouilleux qui se pavanait sur la Brīvības iela : « Il va se faire écraser ! » De stupeur, le chauffeur de taxi faillit emboutir le trolley devant lui.

Pensez-vous pour autant que cette conception très personnelle de la compassion s'appliquait de la même façon aux humains ? Ne vous emballez pas ! Un jour, sur un coup de tête, Cecīlija Bočs débarque à l'appartement numéro cinq, qui était habité par Tante Alma, une petite vieille de quatre-vingt-quatorze ans qui avait survécu à X changements de régime et séjours en Sibérie – et, littéralement, elle la jette à la rue ! Désolée, mais si la vieille n'a pas de quoi payer, qu'elle débarrasse le plancher ! On se félicita que le service social eût

18. Chaîne de restauration rapide très populaire, « typiquement lettone », créée en 1987 par l'homme d'affaires Gunārs Ķirsons (né en 1951). (N.d.T.)

pitié de Tante Alma et lui trouvât une place dans une maison de vieux, où elle mourut dans la semaine. Le cœur brisé. Oui… Les manières odieuses de Cecīlija Bočs donnèrent toute leur mesure lorsqu'au terme d'un fameux scandale suivi d'une action en justice le grand appartement des Bočs donnant sur la rue se libéra. (À l'époque, sur le conseil de son tchékiste, ma mère avait déménagé pour un deux-pièces dans l'aile de l'immeuble donnant sur la cour intérieure.)

Et là, au lieu de faire comme tout le monde, de lancer des rénovations « à l'européenne »[19] normales, avec salle de bains élégante et chauffage au gaz, la vieille folle se mit à baver partout que nous, en Lettonie, nous étions tous des débiles, et qu'elle ne permettrait jamais que l'ancien appartement des Bočs soit défiguré par des interventions de si mauvais goût : le carrelage par terre et sur les murs, c'est bon pour les halls d'aéroport et les toilettes publiques ; le linoléum, c'est la quintessence de la vulgarité germanique ; quant au chauffage au gaz, il peut exploser à tout instant. Elle envoya au diable tous les architectes et designers modernes et dénicha un vieux bonhomme tout droit sorti du temps de la première indépendance avec son rouleau de whatman sous le bras et son crayon derrière l'oreille. À eux deux, ils bricolèrent quelque chose qui aurait parfaitement

19. *Eiroremonts* : littéralement « rénovation à l'européenne ». Dans le langage courant des années de transition, ce terme était synonyme d'une remise à neuf d'un logement selon les standards modernes réels ou supposés de l'Europe occidentale. (N.d.T.)

trouvé sa place au Musée ethnographique en plein air[20]. Grâce à Dieu, le bonhomme ne fit pas de vieux os. Durant la période des travaux, il était devenu pour Cecīlija Bočs une sorte d'éminence grise et, ma parole, je commençai à redouter que les choses deviennent vraiment sérieuses entre ces deux mabouls.

Ah, oui ! nous en étions à l'appartement ! Voyez, pour elle, ce qui comptait, c'était qu'à l'époque son père et sa mère avaient voulu que les choses se fassent d'une certaine façon et que son devoir à elle, leur fille, Cecīlija Bočs, c'était de garder leur mémoire. Bon, d'accord, la mémoire, la mémoire sentimentale, c'est bien gentil tout ça ! Mais cela faisait près d'un siècle ! Qui, de nos jours, peut être assez dingue pour se faire maçonner une cuisinière en faïence et un poêle à bois pour chauffer son bain ! Précisons que ce poêle, qui avait coûté quasiment mille lats, ne tirait pas, fumait de partout, sachant que la vioque, qui avait passé toute sa vie au Canada, avait été tellement pourrie gâtée qu'elle n'était pas même fichue d'allumer toute seule son micro-ondes. Vous savez, docteur, j'aurais de quoi faire un roman de toutes ses fariboles, mais il m'était impossible de lui dire quoi que ce soit. J'ai bien tenté quelquefois, mais j'ai très vite compris que la moindre expression de résistance risquait d'aboutir à une

20. Créé en 1924 dans la banlieue de Riga, le Musée ethnographique en plein air de Lettonie réunit dans une forêt qui borde le lac de Jugla plus d'une centaine d'édifices de l'architecture traditionnelle des différentes régions de Lettonie, démontés puis reconstruits pour être conservés. (N.d.T.)

modification du testament, et vous comprendrez sans peine qu'aucune personne sensée ne se mettrait dans une telle situation.

Vous êtes bien d'accord, docteur ? Et c'est ainsi que j'en vins à la conclusion qu'il me fallait éliminer Mme Cecīlija Bočs. Il n'y aurait dans mon geste rien de spontané – comme un coup de hache sur la tête ou quelque chose comme ça. Je devais ourdir un truc plus subtil. Voyez, docteur, il eût quand même été ballot de l'estourbir brutalement sans précaution, vu que j'étais le seul héritier et que les soupçons se seraient aussitôt tournés vers moi. On aurait pu, bien sûr, imaginer de mettre en scène un cambriolage ou une malfaisance de ce goût-là, mais Cecīlija Bočs, à peine arrivée en Lettonie, s'était fait arracher son sac à deux reprises en l'espace d'un mois. Depuis lors, elle se tenait constamment sur ses gardes, ne mettait jamais le nez dehors une fois la nuit tombée, et ne laissait jamais entrer chez elle un étranger. L'une de ses premières décisions, après la privatisation, fut l'installation de verrous à code dans l'ensemble de notre parc immobilier. Je gardais un double des clefs de son appartement. Il était évident que le meurtre crapuleux n'était pas une option et qu'il fallait agir de la manière la plus prudente.

Donc, docteur, nous y voilà – c'est ainsi que je décidai de l'éliminer d'une façon qui fasse croire à un accident. Je dois le dire d'emblée : ça n'a pas marché. Trois tentatives infructueuses. Je ne sais pas, Dieu en personne veillait sur la vieille, mais je ne suis arrivé à rien. La première fois, j'ai trafiqué la boîte électrique à la cave, pour faire en sorte que la vieille, lors du tour quotidien de ses propriétés, se prenne une bonne décharge en appuyant sur l'interrupteur. (Je ne sais pas si je vous ai dit que, comme un garde-chiourme, elle faisait sa ronde tous les matins). Bon sang ! J'en ai bavé pour que l'interrupteur ait l'air naturellement usagé ! Et maintenant, docteur, je vais vous raconter ce qui s'est passé ensuite, mais je vous en prie, ne rigolez pas ! À trois heures du matin, je suis réveillé par le téléphone, une voix paniquée au bout du fil : au numéro 47, un tuyau a explosé dans la salle de bains, et les voisins du dessous sont en train de se noyer ; et deux étages plus bas, dans le magasin de meubles, c'est l'horreur absolue. Je saute hors du lit et je dévale les escaliers jusqu'à la cave – encore heureux que j'avais aux pieds mes sandales de piscine, avec des semelles en caoutchouc, sans quoi, je ne serais pas là pour vous parler. Deux semaines à l'hôpital, et encore des cicatrices à la main droite.

La deuxième tentative ne s'est pas terminée dans des circonstances moins bizarres. Par hasard, j'avais remarqué que quelqu'un avait essayé de voler la plaque d'égout en fonte du coin de la cour. De toute évidence, le malfaiteur avait compris que l'objet était beaucoup plus lourd qu'escompté et il l'avait laissé là, sans le remettre exactement à sa place. La plaque recouvrait un puits de cinq mètres de profondeur, mais dans un équilibre si précaire que, lorsqu'on posait le pied dessus, elle se renversait en un éclair, ce qui signifiait que le malheureux piéton qui s'y aventurerait n'aurait pas le temps de dire ouf qu'il serait déjà projeté au fond du trou. Or il était de notoriété publique que Cecīlija Bočs ne regardait jamais où elle mettait les pieds et quatre jours durant, je redoublai de stratagèmes pour l'attirer discrètement au-dessus du puits.

Vous savez bien comment cela se passe : pendant quatre jours vous vous escrimez à attirer quelqu'un dans votre puits et le cinquième, à l'aube, on vous apprend que celui qui est au fond ce n'est pas votre cible, mais un policier municipal. Aussitôt arrivé, aussitôt dans le trou. Direct ! Comme une météorite. Comme si la bouche d'égout n'avait jamais attendu quelqu'un d'autre que lui. Cheville cassée. C'était son destin probablement. Vous auriez dû voir le barouf ! Procès-verbal, constat, commission d'experts... La bureaucratie municipale, la presse... La folie totale...

La troisième fois, je mis le paquet sur les préparatifs. Tout était planifié au millimètre près : mon alibi, l'endroit précis où la vieille devait s'allonger dans la cour, pile sous un échafaudage destiné à s'effondrer. Mais vous savez quoi, docteur, le matin même où l'accident devait se produire, Cecīlija Bočs me téléphona, et d'une voix très faible, elle me demanda de venir auprès d'elle sur-le-champ, elle se sentait patraque. Au passage, je rameute la voisine du numéro 16, celle qui travaille comme ambulancière au service de secours. Dans son appartement-musée, Cecīlija Bočs était allongée dans son lit-musée. Toute petite, chétive, ratatinée, elle me regarda droit dans les yeux et me dit : « De toute évidence, je me meurs, pardonne-moi, je t'en prie, si j'ai été injuste avec toi... » Nous l'avons conduit au très sélect hôpital hébraïque, où elle fut aussitôt mise sous perfusion. Rien n'y fit. Cecīlija Bočs, ma tante, s'en fut rejoindre ses aïeuls, et j'avais devant moi une semaine pour organiser les obsèques. Alors voilà, docteur, vous allez me dire : mais où est le problème ? Au bout du compte, Cecīlija Bočs est morte de mort naturelle, toutes les formalités concernant l'héritage avaient été réglées plusieurs mois auparavant. Je me suis retrouvé propriétaire d'un parc immobilier de standing, et je peux enfin m'offrir toutes les filles dont j'ai envie. J'ajouterai très franchement que ma conscience n'est nullement torturée par le fait d'avoir voulu assassiner la vieille Cecīlija Bočs. Il est malgré tout une chose qui me turlupine et me turlupine, vous voyez, docteur, comment vous dire ça... Voyez, autrefois, quand j'étais dans la dèche, et que la poisse me poursuivait, je me disais : si j'avais du fric, plein de fric, je pourrais enfin avoir le sentiment d'être un homme. Aujourd'hui, je m'achète tout ce que je veux – tout ! Mais je ne me sens jamais rassasié. Au fond de mon cœur, je me sens toujours, comme le disait, feu ma pauvre maman, un

« propre-à-rien », pas même capable d'estourbir une petite vieille. Mais j'imagine que contre une maladie pareille, la médecine ne peut rien.

Une âme frontalière

Sabīne Košeļeva

Inta porte un chemisier en soie bleu ciel, autour du cou un collier de perles en bois noir luisantes comme des baies d'aronie, aux oreilles de minuscules anneaux d'or; à la pointe de ses ongles en forme d'amande, le vernis perlé rose pâle s'écaille légèrement sous l'effet de journées occupées à taper sur un clavier d'ordinateur ou à manipuler des caisses de bouquins La patronne ici, c'est elle. Non pas du genre de celles qui dictent à leur monde ce qu'il faut faire, et comment, et qui, « sans rien demander à personne », se targuent de résoudre derrière leur écran « petits et grands » problèmes ; elle est au contraire de celles qui sont toujours prêtes à rendre service – qu'il s'agisse d'un collégien en panne devant un devoir de littérature ou d'un petit vieux n'arrivant pas à se dépatouiller de sa banque en ligne. L'air de rien, cela doit bien faire trente ans qu'elle est dans le métier.

« D'abord, j'adorais lire, dit-elle pour entrer en matière d'une voix feutrée, tout en remettant en place sur les rayonnages des livres que les lecteurs viennent de lui retourner. Quand j'étais petite, tous les contes et légendes y passaient, du folklore letton à la série *Les Enfants du monde*, j'avalais tout ce qui me passait sous la main. J'ai toujours aimé chercher et mettre en forme les informations. Je m'intéressais aussi à l'histoire, mais finalement, je me suis dit que la profession de bibliothécaire serait celle qui me conviendrait le mieux, sachant que, par nature, je suis une personne plutôt réservée. » Elle repose sur l'étagère *Les Oiseaux du paradis* de Māra Zālīte[21] qui est le top du moment.

Je comprends bientôt que cette confidence ne correspond qu'imparfaitement à la réalité de sa personnalité. Peu à peu, Inta s'ouvre, révélant le fond de son âme d'authentique Latgalienne[22], qui ne se donne pas immédiatement à voir aux non-initiés. Et c'est fort bien ainsi – on ne va quand même pas raconter sa vie au premier venu ! Tout le monde n'est pas capable de l'apprécier et de rendre la pareille, et qui plus est de nos jours, alors qu'il est de plus en plus difficile de savoir ce que les gens ont dans le ventre. Enfin, honnêtement,

---

21. Māra Zālīte, née en 1952 en déportation en Sibérie. Elle s'impose comme une autrice de premier plan dans le courant des années 1980 : poètesse, romancière, dramaturge, personnalité engagée dans le débat public. L'opéra rock *Lāčplēsis* (1987) en collaboration avec le musicien Zigmars Liepiņš est un jalon important de la période d'« éveil national » qui mène à l'indépendance. (N.d.T.)

22. La Latgalie (Latgale) est la région la plus orientale de la Lettonie. Sous bien des aspects – historiques, linguistiques, culturels, religieux –, elle se distingue du reste du territoire, et ses particularismes sont des motifs ambivalents de complexes et de fierté. (N.d.T.)

dans le temps, ce n'était guère plus facile de le savoir. Il faut donc supposer que la vie est tout simplement ainsi faite, qu'on ne saura jamais ce qu'untel ou unetelle pense vraiment.

Pour apprendre le métier, Inta avait dû, bien entendu, monter à Riga, la capitale, mais dès son premier stage, elle était rentrée sur les terres de ses ancêtres – à Ludza d'abord, ensuite, retour à la case départ, à Kārsava. « À l'époque soviétique, il y avait tout un système de mutation centralisé : on était obligé d'aller là où on nous disait d'aller. En même temps, je n'avais rien contre l'idée de retourner à la maison, bien au contraire. C'était là que j'avais Maman, mes amis, mes camarades de classe. Bon, d'un autre côté, c'est vrai qu'il y avait le pouvoir d'attraction de Riga – les jeunes s'imaginent tous que la vie dans les grandes villes est plus intéressante. »

Le sourire d'Inta est prévenant et lumineux, comparable à celui de la vieille sage du village dans les contes populaires – le sourire de celle qui, au fil de sa vie, en a vu de toutes les couleurs, qui a élevé des nichées d'enfants, les siens et ceux des voisins, traversant en silence les épreuves les plus douloureuses, seule, avec un courage qu'on dirait masculin, un flegme stoïque – puis elle en est venue à la conclusion que, dans la vie, les choses se déroulent très rarement selon nos plans et nos désirs, et qu'il vaut mieux parfois ronger son frein et se faire une raison, plutôt que de foncer dans le mur tête la première, comme ces adolescents qui croient pouvoir d'un revers de main renverser l'ordre du monde.

« À cette époque, on fondait une famille de bonne heure ; à vingt ans, tout le monde était déjà marié et avec des enfants. Quand je suis rentrée, mes amis étaient presque tous en ménage. Au bout de quelques années, j'ai moi aussi trouvé chaussure à mon pied – il était à deux pas d'ici, dans le canton d'à côté, aux environs de Bērzgale. » Le jeune marié travaillait alors à Rēzekne, mais ensemble, ils ont décidé de rester ici, et de s'installer définitivement à Kārsava : « Je ne voulais pas quitter Maman et la maison – et puis mon mari avait la ferme de ses parents tout près d'ici, à Bērzgale. Sa mère et sa sœur y vivaient encore, et elles avaient toujours besoin d'un coup de main. À Rēzekne, il était employé à l'usine d'électrotechnique qui avait justement une filiale à Kārsava, donc côté boulot, il n'y a pas eu de problème. Et voilà, tout s'est mis en place très naturellement. »

En fait, 1991, l'année du grand bouleversement, arrivait à grands pas, avec toutes les conséquences qui devaient suivre. L'usine a été peu à peu liquidée, et il a fallu très vite trouver une solution pour pouvoir joindre les deux bouts. Par chance, à quinze kilomètres de là, la douane embauchait au point de frontière voisin. « Mon mari a été engagé à la douane et, parallèlement, il a repris des études. Pour nous tous, tout était radicalement nouveau.

La vague de patriotisme était énorme. La fondation du Tautas fronte – le Front populaire letton[23] –, toutes les activités de l'*Atmoda* – le Réveil national –, les gens allaient soutenir la chaîne humaine de la "Voie balte"[24]. Nous étions tous portés par cette atmosphère de changement, avec l'espoir que nous allions enfin être les maîtres chez nous !

L'immense enthousiasme et les grandes espérances d'un avenir meilleur n'ont pas tardé de tourner au vinaigre, et nous avons été bientôt rappelés à la réalité la plus crue. Tout ce que le régime soviétique gardait sous silence et la révélation de l'illusion où nous avions si longtemps vécu éclataient au grand jour. Tout le monde n'arrivait pas à récupérer les biens qui avaient été nationalisés après 1945, et personne n'avait d'argent. Lorsqu'on a partagé le patrimoine du kolkhoze, il y a eu d'un côté ceux qui mettaient la main sur les équipements techniques, et de l'autre ceux qui n'avaient droit à rien. C'est à ce moment-là qu'a

23. Le Front populaire de Lettonie (Latvijas Tautas fronte), organisation politique créée en 1988 à l'initiative de l'intelligentsia dans le but d'accompagner le changement rendu possible par la Perestroïka. Plateforme commune aux dissidents et aux élites favorables au changement au sein du système politique letton, le Front populaire fut l'acteur majeur de la « Révolution chantante » et de la restauration démocratique. (N.d.T.)

24. La « Voie balte », nom donné à une chaîne humaine reliant Vilnius, Riga et Tallinn (près de sept cents kilomètres) pour exiger la restauration de l'indépendance des pays baltes le 23 août 1989. Un tiers de la population participa à cette manifestation. Le choix de la date est dû à la commémoration du cinquantenaire du pacte Molotov-Ribbentrop de 1939 qui permit le dépeçage de l'Europe par l'Allemagne nazie et la Russie communiste. (N.d.T.)

commencé la période des champs laissés en friche. Ils avaient privatisé, ah ça oui ! Quant à savoir que faire des biens acquis, c'était loin d'être clair partout. En plus, les nouveaux propriétaires n'avaient pas tous la main-d'œuvre et la force nécessaires pour gérer tout ça. »

Inta n'a pas le souvenir que les mutations autour d'elle lui aient fait peur ou donné envie de bouleverser radicalement sa vie. Elle n'a pas non plus été touchée par le boom de l'entrepreneuriat. « J'avais un travail que j'aimais, je ne voyais pas la nécessité d'en changer. Dans ce métier, de toutes les façons, ça change tout le temps. On est en permanence au contact des gens, on passe notre temps à apprendre de nouvelles choses. »

Le deuxième grand changement est survenu moins de dix ans plus tard, lorsque le souffle planétaire des nouvelles technologies a fini par s'abattre sur les zones frontalières. La numérisation du système de gestion des bibliothèques a été lancée, et il a fallu tout réapprendre de A à Z avant de savoir s'en servir. C'est ainsi qu'à partir de 2001, Inta a repris le chemin des études. Pendant cinq années, tous les week-ends à Riga, trois cents kilomètres dans un sens puis dans l'autre pour mettre ses connaissances au diapason du monde moderne et pouvoir aider les gens à suivre le mouvement.

« Quand j'y repense aujourd'hui, je ne comprends toujours pas comment j'ai fait pour y arriver. Les devoirs à domicile, les mémoires de recherche à rédiger, et en même temps, assurer le travail de tous les jours à la bibliothèque, sans compter la vie domestique qui n'avait pas disparu pour autant. Mais bon, d'une manière ou d'une autre, je me suis débrouillée. C'est sans doute parce que je suis Latgalienne. »

Je lui demande alors quelle est, selon elle, la différence entre un Letton et un Latgalien. Après un temps de réflexion, elle m'explique : « Le Latgalien est plus ouvert, plus hospitalier, plus simple. Il a un peu ce côté "grande âme" à la russe. Qui que tu sois, on t'accueille, on te nourrit, on te dorlote et on t'accompagne sur le chemin... J'ai toujours considéré ces qualités avec une certaine envie, sachant que je suis une Lettone "typique" – repliée sur moi-même, soupçonneuse, prudente à l'excès. Et quoi, si jamais il devait arriver quelque chose ? »

Sa formation était déjà bien entamée lorsqu'Inta a fait l'acquisition de son premier ordinateur. « Au début, on écrivait encore tous les devoirs à la main, et puis j'ai acheté un ordi. À l'époque, on avait de gros problèmes avec Internet – la seule possibilité, c'était de passer par les lignes téléphoniques, ce qui revenait hypercher. Après, les premiers ordinateurs n'ont pas tardé à arriver dans les bibliothèques. Chez nous, c'était en 2003, il me semble. Et maintenant, une vie sans machine est devenue difficilement concevable. »

En fait, dans les petites villes, la bibliothèque n'est pas seulement l'endroit où l'on va emprunter des livres pour trouver quelque chose à lire avant de s'endormir ou pour se prélasser sur la pelouse dans son jardin. D'une certaine façon, la bibliothèque est à la fois un centre culturel et un lieu où l'on règle ses affaires domestiques. « On imprime, on fait des photocopies, on scanne, on envoie des courriers, on aide les gens à payer leurs factures, sachant qu'ils sont loin d'avoir tous Internet à la maison. On vient aussi chez nous pour lire la presse du jour – tout le monde ne peut pas s'offrir les magazines et les journaux. »

Sous ces propos, on comprend que la vie à la frontière a aussi des aspects moins reluisants. « Au jour le jour, on en entend et on en voit de toutes les couleurs, des vertes et des pas mûres. Le problème, ce n'est pas tant la frontière en soi que ce qui se passe dans la tête des gens. Parmi eux, il y en a qui ne sont bons qu'à se plaindre et qui ne font rien pour améliorer leur sort. On a encore cette manière de penser à la soviétique, qui veut que les choses doivent tomber toutes cuites dans l'assiette. Ceux qui ont compris que ça n'allait pas se passer comme ça ont pris le taureau par les cornes, et ils ont fait ce qu'il fallait pour que leur vie aille de l'avant. Il suffit de vouloir et d'agir, et de ne pas rester les bras croisés à se plaindre en attendant que ça vienne. Cela ne se passe nulle part comme ça ! Ni à Riga, ni à la frontière… », affirme Inta avec conviction.

S'il est vrai que la plupart des jeunes quittent la ville dans l'espoir de trouver ailleurs des conditions de vie meilleures, on ne peut quand même pas dire pour autant que Kārsava sombre dans la pauvreté ou disparaît dans le néant, se transformant peu à peu en un trou perdu oublié de Dieu qui n'aurait d'intérêt pour personne – un endroit où la vie serait restée figée dans la sinistrose des années 1990. La ville a changé et ça se voit. Les équipements et les infrastructures ont été remis à neuf, les rues ont maintenant un éclairage public ; avec des projets financés par l'Europe, on rénove les écoles et les stades. La qualité de l'environnement s'améliore, il y a plus de confort. « Si on a un travail et quelques moyens, il fait vraiment bon vivre ici ! » Inta est fière de sa ville natale.

En fait, les traces de l'époque soviétique sont toujours sensibles. On trouve encore des gens qui préfèrent regarder la télé russe – ne serait-ce que parce qu'elle est moins chère. Ils font aussi les aller-retour chez le puissant voisin pour acheter de l'essence, qui est elle aussi moins chère. Au diable les taxes ! Au diable le sens commun !

Mais, en général, il n'y a pas de « problème russe » à Kārsava, tout le monde entretient des relations de bon voisinage avec tout le monde, et les mariages mixtes ne sont pas rares. L'affaire de la fermeture des écoles russes qui a fait scandale il y a quelques années a fini par se résoudre d'elle-même. Avec la chute du nombre d'élèves, les écoles ont automatiquement fusionné et sont toutes passées naturellement à l'enseignement en letton. Du coup, les craintes qu'on entend toujours concernant une russification des petites villes frontalières ne concernent aucunement Kārsava. On redoute plus l'agonie de la ville que sa russification.

« En fait, toute personne un tant soit peu sensée s'inquiète forcément de la situation générale du monde. Et je ne voudrais vraiment pas me retrouver dans le cas où les relations avec le pays voisin s'envenimeraient au point que nous devions craindre pour notre sécurité. Pour ceux qui viennent de ce côté, nous sommes la porte d'entrée, soupire Inta, changeant radicalement de voix. D'une certaine manière, pour ceux de l'Est, nous sommes une carte de visite. Et du coup, on veut se montrer sous notre meilleur jour – montrer que nous travaillons dur, que nous prenons soin les uns des autres et de l'environnement qui nous entoure, que nous faisons tout pour nous sentir en sécurité, pour que les enfants aient envie de revenir. Mais tout cela va dépendre en grande partie de la manière dont le monde va évoluer… »

À cet instant, Inta se tait, de toute évidence fatiguée d'avoir dû tant parler. Elle déambule entre les rayonnages puis s'assoit à la table face aux journaux du jour qu'elle arrange en éventail. On peut la comprendre. Moi non plus je n'aime pas beaucoup quand quelqu'un cherche à s'immiscer dans mon âme, comme pour en extraire le pourquoi du comment, et ensuite tout reformuler à sa façon. Présenter ses conclusions à la terre entière comme si c'était la seule et unique vérité.

Mais avec l'âme, rien n'est aussi simple. La seule vérité, c'est l'âme elle-même. On ne peut ni la mesurer, ni la décrire, ni la repasser à quelqu'un comme un cadeau d'anniversaire ou comme une relique qu'on se transmet de génération en génération. L'âme est faite du même matériau que les rêves : volatile, recouverte d'une fine poussière de diamant ; il faut la protéger et la chérir pour éviter que quelqu'un vienne la souiller avec ses bottes pleines de boue.

L'âme ne peut se fabriquer comme une histoire qu'on raconte aux enfants avant d'aller au lit. Si l'on en possède une, cela se voit tout de suite. Même quand on veut la cacher, elle brille au coin des yeux et perle par tous les pores de la peau. L'âme s'entend dans la voix comme une clochette, comme une voyelle « ē »[25] plus courte en Latgalie et plus longue en Courlande – ces fragments de langue restent accrochés à tout ce qu'ils touchent : les gens, les choses, la nourriture.

Ceux qui n'en ont pas n'en auront jamais : l'âme ne pousse pas dans un potager comme des navets ou des carottes, elle ne grandit pas dans un bocal comme un kombucha[26], elle ne s'achète pas au marché comme une motte de beurre ou un pot de miel. Pour l'âme, il n'y a ni recette ni prix au kilo.

---

25. Le système vocalique du letton repose en partie sur une distinction entre voyelles « brèves » et voyelles « longues » (ā, ē, ī, ū). (N.d.T.)

26. Boisson fermentée légèrement acide, réputée bénéfique pour les problèmes de digestion et utilisée comme remède populaire en automédication pour de nombreuses affections. (N.d.É.)

L'âme porte un chemisier en soie bleu ciel, autour du cou, un collier de perles en bois noir luisantes comme des baies d'aronie, aux oreilles de minuscules anneaux d'or ; à la pointe de ses ongles en forme d'amande, le vernis perlé rose pâle s'écaille légèrement sous l'effet de journées occupées à taper sur un clavier d'ordinateur ou à manipuler des caisses de bouquins.

L'ICHTYOLOGISTE

Svens Kuzmins

Vendredi soir, lorsque son mari fut enfin parti pour ne plus jamais revenir, Ērika fut submergée de sentiments radicalement contradictoires. L'expérience lui dictait qu'en de telles circonstances, il convenait de réagir de manière à la fois ferme et concrète : boire plus qu'à l'accoutumée, se réveiller en pleine nuit et s'étonner qu'à côté de soi, dans le lit, il n'y ait personne, appeler les copines et parler des heures au téléphone, pleurer devant la glace – en bref, s'en tenir aux formes les plus classiques de la mélancolie. Elle se sentait aussi gagnée par un singulier soulagement : il n'y avait plus lieu de se ronger les sangs en se demandant ce qu'il adviendrait si jamais il devait un jour franchir le seuil du foyer – pour aller chercher un pack de lait, ou que sais-je –, et ne jamais revenir. Bien évidemment, cela ne diminuait en rien la colère d'Ērika. Elle passa le week-end au lit à regarder *Boardwalk Empire* en s'enfilant des pizzas, mais lorsque le lundi après-midi fut venu, poussée par une impulsion qui allait contre toute logique, elle prit congé.

Deuxième moitié d'avril, le moment était particulièrement inopportun : ni chaud ni froid, ni ski ni datcha. Mais lorsqu'Ērika le comprit, le coup était déjà parti. Elle fit le tour des copains-copines au téléphone, mais tous étaient, pour tel ou tel prétexte, occupés. Pas de vol bon marché les jours suivants pour une destination suffisamment lointaine sans être exagérément exotique. « Si c'est comme ça, songea-t-elle, je vais étancher mon chagrin en claquant du fric ! » Elle visita donc plusieurs magasins de vêtements hyperchics, mais ne tarda pas à comprendre que tout cela était certes bien joli, mais totalement vide et vain. Abandonnant les fringues, elle tenta d'investir dans quelque chose de pratique, se disant que cela l'aiderait peut-être à se sentir mieux ; mais après avoir acheté une poêle en céramique hors de prix de fabrication française, elle comprit que cela n'avait non plus aucun sens. Au bout du compte, Ērika eut la conviction que la seule chose qui lui ferait du bien, ce serait de passer ce temps libre dans le silence et la paix. Elle chargea dans la voiture deux litres de cognac et quelques provisions, et se mit en route pour la maisonnette qu'elle possédait au bord de la mer.

Le soleil venait à peine de se coucher lorsqu'elle franchit le portail du jardin. Après le dégel, la pelouse était encore gorgée d'eau, et les roues de la voiture creusèrent dans la terre deux affreux sillons. Les gonds de la porte grincèrent, l'hiver avait refroidi la maison qui sentait l'isorel mouillé. Ērika leva le clapet du poêle, prit la clef de la grange dans le tiroir de la cuisine, s'envoya très démocratiquement un verre de son cognac de luxe pour se réchauffer. « Oui, se dit-elle, la paix, voilà ce qui me manquait ! »

Du même tiroir, elle sortit une petite lampe de poche, s'assura que les piles n'avaient pas coulé pendant l'hiver, et s'en fut à la grange chercher du bois. Alors qu'elle traversait la cour dans l'obscurité, un trouble la saisit, dont elle ne prit pas immédiatement conscience, son état émotionnel ayant été plutôt instable au cours des derniers jours. Or, lorsqu'elle braqua sa lampe sur la porte de la grange, elle comprit quelle était la cause de son inquiétude. À l'endroit où, selon toutes les pratiques ordinaires, auraient dû se trouver la serrure et la poignée, il y avait maintenant un trou. Ērika se précipita à la voiture, s'empara de la poêle en céramique qui était restée sur la banquette arrière, et à cet instant précis, la lumière de la grange s'alluma. Elle brandit la poêle en position de combat, fouilla dans sa poche pour en extraire son téléphone, mais derrière la fenêtre, elle vit que quelque chose bougeait, puis, soudain, dans l'embrasure de la porte, un jeune homme apparut qui, la tête dans les épaules, levait les mains en l'air. Il avait un bonnet en laine rouge vissé sur le crâne et, sur le dos, un anorak piteux.

« Je vous en prie, ne tirez pas, dit-il doucement, je peux tout expliquer !

– Vous êtes qui ? gronda Ērika menaçante. Je vous en mets un coup sur la tête et j'appelle la police.

– Je ne vous le recommanderais pas, répondit le jeune homme qui ajusta son bonnet, sinon il y aura un risque de confusion. Choisissez entre les deux options. »

Ērika aurait voulu rétorquer quelque chose pour ne pas laisser passer ça, mais la drôlerie inattendue de la réplique l'apaisa soudain. Elle baissa sa poêle, avança de quelques pas, et exigea des explications. Le jeune homme se présenta, il répondait au prénom d'Ēriks.

« Ēriks ? Et tu peux me dire ce que tu fabriques dans ma grange, Ēriks ? »

Ērika jeta un coup d'œil à l'intérieur. Ēriks s'était aménagé un couchage avec les coussins de la balancelle, il avait branché le convecteur électrique, une lampe de bureau et un thermoplongeur de voyage.

« Je suis… disons que, à titre provisoire, je me suis basé là, bafouilla-t-il.

– …basé là, c'est ça ! Pour te faire des petits trous dans les veines. Ça suffit comme ça, j'appelle les services compétents.

– Non, s'il vous plaît ! Pas les services compétents ! Je ne suis ni un voleur ni un toxico ! Je vous jure, je peux même payer pour tout !

– Allons donc ! Tu as du fric, mais tu vas quand même squatter chez les gens ?

– Enfin bon, au jour d'aujourd'hui, pas exactement, mais bientôt, oui ! C'est promis. »

Un silence s'imposa. Ēriks hésita un long moment, puis, comme s'il venait d'entreprendre de soulever une charge extrêmement lourde, il soupira :

« Au point où nous en sommes, peut-être que je pourrais vous demander quelque chose à grignoter ? Si vous voulez le savoir, ça fait une éternité que je n'ai rien avalé. C'est un peu comme dans la vieille blague : "Donnez-moi à boire, sinon j'aurai tellement faim, que je ne saurai plus où dormir !" »

Ērika pouffa de rire. Une telle franchise la désarma, et elle se dit en son for intérieur : « Et si effectivement il n'avait rien fait de mal ? Et si j'allais à contre-courant des convenances et que je me mettais à l'écoute de mon prochain ? » Après avoir pendant quelques instants encore pesé les « pour » et les « contre », elle invita le garçon à un dîner improvisé et, après quelques verres de cognac, il apparut que cet Ēriks était un interlocuteur intéressant et drôle. Et arriva ce qui arrive souvent : les discussions captivantes stimulent l'envie de boire encore, ce qui, en retour, fait surgir de nouveaux thèmes à débattre, si bien qu'au bout de quelques heures, le sentiment s'imposa que sans la présence de ce Ēriks, cette soirée eût été bien plus morose. En bref, tout se déroula d'une façon étonnamment rapide et naturelle – tellement naturelle qu'à un moment donné, Ērika comprit qu'elle était désormais à côté d'Ēriks, sur le canapé, face aux flammes du poêle, s'amusant de l'amusante coïncidence de leurs deux prénoms, et analysant son profil osseux.

« Mais, en fait, c'est extraordinaire, non ? La situation est totalement dingue, non ? dit-elle.

– Complètement dingue, oui. On se croirait dans *L'Ironie du sort*[27].

– Oui, c'est ça ! « *Гражданочка, что вы делаете в моей квартире ?* »[28]

Ils rirent ensemble de bon cœur.

« Mais je dois quand même avouer que je n'ai toujours pas compris "*что вы делаете в моей квартире*" ?

– Sérieux ? Ce n'était pas clair pour vous dès le début ? demanda-t-il. Je suis venu voir la baleine.

– Vous êtes venu voir quoi ?

– La baleine. Je suis venu pour observer la baleine, expliqua Ēriks et, remettant en place son bonnet rouge, il ajouta : Je suis ichtyologiste.

– Ichtyologiste ?

– Enfin bon, je n'ose pas trop me définir ainsi. Je ne suis pas professionnel. Le nom d'"amateur" est affreux, n'est-ce pas ? Disons que, pour moi, c'est un peu un hobby. Mais qu'importe, en tant qu'ichtyologiste, toutes ces choses m'intéressent à fond et, dès que j'ai entendu parler de cette baleine, j'ai sauté dans le premier train

27. Comédie soviétique d'Eldar Riazanov (1975), extraordinairement populaire, diffusée quasi rituellement le 31 décembre. (N.d.T.)

28. Réplique culte du film que tout le monde connaît par cœur : « Chère Madame, que faites-vous dans mon appartement ? » (N.d.T.)

pour venir ici. C'est seulement après que j'ai compris qu'il fallait trouver sur place un endroit où dormir. En d'autres termes, l'aspect pratique des choses…

– Attendez un peu, je ne comprends rien à ce que vous dites. Qu'est-ce que c'est que cette baleine ?

– Comment, vous n'êtes pas au courant ? Je croyais que les gens du coin ne parlaient que de ça.

– Vous savez, ici hors saison, il n'y a pratiquement personne…, fit Ērika en vidant son verre, comme si elle espérait qu'ainsi, la situation deviendrait moins absurde.

– Ce qui veut dire que vous n'avez pas encore vu la baleine ? D'accord, bon ben on va remédier à ça tout de suite. Mais dehors, il fait un peu frais. Il va falloir prendre cette bouteille avec nous. »

S'extrayant du canapé, Ērika grommela : « La bouteille, ah ! oui ! bien sûr ! Où irions-nous sans elle ? »

Elle enfila son manteau.

La mer était à moins de deux cents mètres de la maison. Ēriks lança que si tout se passait ainsi, sans accroc, il était préférable de ne pas en dire trop. Ils marchèrent donc en silence, en avalant de temps en temps une lampée de cognac. Sur un fond de ciel étoilé, le mouvement des cimes noires des pins était presque imperceptible, et il y avait dans l'air une fraîcheur vivifiante, même si, à mesure qu'ils s'approchaient de la plage, un arôme puissant, modérément plaisant, remplaçait peu à peu les senteurs printanières.

« Nous y voilà ! »

Ēriks montrait du doigt quelque chose, quelque part, au loin.

D'abord, Ērika ne comprit pas dans quel sens regarder, mais lorsque, la prenant par la main, Ēriks la conduisit plus près de l'eau, elle laissa éclater son étonnement et fut sur le point de perdre connaissance. Sur la plage de sable fin, une baleine échouée gisait.

Dans l'obscurité de la nuit, on aurait pu croire à un bateau de pêche tombé en carafe ou à un ballon dirigeable dégonflé. Le relent aigre et salé qui, pas après pas, devenait toujours plus insoutenable, ne laissait nulle place au doute : cet animal ne nagerait jamais plus dans l'océan, n'avalerait jamais plus de plancton, ne ferait jamais plus ce qu'il avait coutume de faire auparavant.

Ne sachant que dire, Ērika ne disait rien, et Ēriks se saisit de ce moment opportun pour livrer la totalité des informations en sa possession, qui allaient de l'espèce de la baleine à sa probable origine, et aux causes hypothétiques de sa mort.

« Le plus intéressant, c'est de comprendre ce qu'elle pouvait bien faire là, dans la baie. C'est tout à fait exceptionnel, ne serait-ce que par la taille de la bête. J'ai déjà procédé à quelques mesures approximatives. Vingt-huit mètres de longueur ; pour ce qui est de la circonférence au point le plus large, elle n'est pas très évidente à calculer, vu que ce pauvre Willy est en partie enfoncé dans le sable. Mais regarde par toi-même. Pour grimper sur le côté, il faudrait une échelle. »

Ses explications étaient pleines d'enthousiasme, mais apparemment Ērika ne l'écoutait plus.

Elle observait cet énorme amas de viande qui gisait sans vie sur la grève, le ciel et ses innombrables étoiles, ses planètes et ses nuages gazeux, et ce petit personnage avec son bonnet rouge qui allait et venait exalté et qui, devant le dénommé « Willy », faisait songer à un insecte importun. Elle n'aurait pas su dire si la sensation de malaise qu'elle éprouvait était provoquée par l'odeur pestilentielle ou par la quantité de cognac ingérée, mais tout ce qu'Ērika désirait à présent, c'était rentrer à la maison. Ēriks comprit que sa leçon d'ichtyologie avait perdu son auditoire.

« Excuse-moi, peut-être que je t'accable avec mes histoires, mais j'ai l'impression de vivre l'événement le plus extraordinaire de mon existence, dit-il.

– Moi aussi, répondit-elle songeuse, c'est juste que je n'ai jamais vu la mort agrandie dans de telles proportions. »

Le lendemain matin, Ērika se réveilla avec mal au crâne. Elle s'était endormie tout habillée. Les souvenirs fragmentaires qui lui revenaient de la veille lui confirmaient qu'Ēriks avait passé la nuit sur le canapé. Tout le reste était plongé dans le brouillard, comme dans un rêve. Dans la pièce, il faisait bon, et on pouvait en déduire que le jeune ichtyologiste était déjà debout et qu'il avait lancé le poêle. Ērika se leva et rejoignit la cuisine. Ēriks, débordant d'énergie, était à la manœuvre, une omelette rissolait dans la nouvelle poêle en céramique, et il accueillit Ērika d'un « bonjour ! » plein d'optimisme.

« Un bon jour, tu parles ! Tu n'es pas mal fichu, toi ? marmonna-t-elle bourrue.

– Mais alors pas du tout. C'est comme si je venais de renaître. Allez, à table ! »

Son bonnet rouge toujours sur la tête, Ēriks servit le petit-déjeuner.

Ērika était bien sûr ravie de se faire servir ainsi, même si l'attitude étrangement obsessionnelle de son hôte la dépassait. On aurait pu penser qu'après plusieurs nuits dans la grange glaciale, il aurait apprécié de traîner un peu sur le canapé, de flemmarder. Ēriks était au contraire plein de détermination, et il annonça qu'il lui brûlait de « se mettre à l'ouvrage » le plus vite possible.

Le petit-déjeuner pris, le café bu, Ēriks jeta sur ses épaules son sac à dos en grosse toile.

« S'il y a quoi que ce soit, tu sais où me trouver, dit-il en faisant un signe de la main avant de sortir.

– Je sais, et je te trouverai », répondit Ērika à la pièce vide, à contretemps.

C'était une douce journée – anormalement douce pour la saison. C'est parfait, se dit-elle, et elle alla dans la cour. Dans l'air vivifiant du printemps, la gueule de bois n'était plus aussi éprouvante, et elle fit un petit tour autour de la maison. Bizarre. Tout dans cette maison de vacances lui rappelait son mari – le barbecue qui était sa chasse gardée, puisque, disait-il, « au *chachlyk*[29], main de femme ne vaut rien » ; le garage où il passait des heures à trafiquer sa moto ; les gouttières qu'il nettoyait toujours sans barguigner, et encore et encore. Mais la sensation de vide qu'elle attendait était absente. Ērika réalisait qu'elle se sentait bien. Elle avait à l'esprit cette énorme baleine rejetée par les flots ; et comme elle s'était sentie insignifiante face à elle – un sentiment qui était au fond porteur d'apaisement.

Aux environs de midi, elle décida de faire plaisir à Ēriks en lui apportant des sandwiches, puisque, de toute évidence, des choses triviales et quotidiennes comme les repas n'étaient guère susceptibles de le distraire de ses recherches (et ce, même si, pour Ērika, le déroulement ultérieur desdites recherches n'était pas tout à fait clair, et qu'elle se demandait ce qu'une personne seule allait bien pouvoir faire pendant tout ce temps devant cette dépouille – jusqu'alors, elle avait toujours eu tendance à croire que les progrès scientifiques les plus importants avaient lieu en laboratoire). Elle tartina les sandwiches, les emballa dans un sac plastique, et partit vers la plage.

La baleine était toujours au même endroit, mais, à la lumière du jour, le spectacle n'était plus aussi folichon. Autour d'elle s'étaient accumulés toutes sortes d'algues, de bois flottés, de déchets, de blocs de glace qui n'avaient pas encore fini de fondre. En

29. Originaire du Moyen-Orient ou du Caucase, le *chachlyk* est une brochette. (N.d.T.)

combinaison jaune, Ēriks était à quatre pattes sur le dos de la baleine et il fourrageait entre des plis dans la peau de la bête – vraisemblablement des orifices destinés à la respiration.

« Qu'est-ce que tu fais là ? lui lança Ērika.

– Rien de spécial. J'étudie le relief de la peau. C'est une expérience incroyable. Il est fort possible qu'une telle occasion ne se représente jamais plus de mon vivant.

– Je t'ai apporté des sandwiches, dit-elle en plissant les yeux éblouis par le soleil.

– Merci, mais j'ai les mains dégueulasses.

– Descends ! »

Ēriks descendit de la baleine en glissant comme sur un toboggan.

« Je ne dois pas sentir très bon, dit-il.

– T'inquiète, ça m'arrive d'aller au boulot en trolleybus, répliqua-t-elle en souriant. Hier soir, j'étais un peu pompette, et je t'ai raconté plein de conneries. »

Ēriks l'assura que pour lui ce n'était pas un souci. Il était impatient et voulait se remettre le plus vite possible à l'ouvrage. Il se peut que c'était justement pour cela qu'elle se sentait si bien à ses côtés.

Un couple de marcheurs nordiques d'un certain âge s'approcha. Ils s'arrêtèrent devant la baleine, demeurèrent quelques instants, échangeant quelques phrases pleines d'étonnement, et reprirent nordiquement leur marche, comme si de rien n'était.

« C'est quand même chouette de ne pas devoir vieillir seul », se dit Ērika. Elle sortit son téléphone de sa poche et photographia Ēriks agrippé à la nageoire, escaladant le dos du mammifère. Puis, laissant le sac de ravitaillement sur le sable, elle rentra à la maison.

Une semaine passa, puis une autre. De jour en jour, la chaleur montait et depuis qu'Ērika l'avait vue pour la première fois, la baleine avait doublé de volume. Cette nuit-là, le corps gris de la bête était mou et avachi, devenu dur comme du caoutchouc gonflé à bloc.

« Si ça continue comme ça, Willy va finir par exploser », dit un jour Ēriks, en faisant une chiquenaude sur le flanc ; ça sonnait creux, et ses entrailles, quelque part, rendaient comme un son métallique.

La puanteur prenait elle aussi de l'ampleur. Si, au début, les gens des environs faisaient passer par la plage l'itinéraire de leurs promenades et venaient prendre en photo le cétacé, on ne voyait plus désormais âme humaine, à l'exception d'Ēriks qui courait en tous sens sur la plage, continuellement affairé à mesurer, dessiner, calculer ou photographier.

Les agents des services municipaux ne comprenaient toujours pas comment faire face à la situation. Le premier de tous les passionnés de baleines, Ēriks, avait pris l'initiative, appelant chaque jour tous les services possibles – services de sauvetage, sanitaires, d'urgence, et tout le tremblement. Pourtant, aucun d'entre eux ne semblait avoir la moindre idée de ce qui avait pu se produire. On avait même le sentiment que, Ēriks mis à part, personne ne s'en souciait. Une baleine sur la plage ? Grand bien lui fasse, qu'elle en profite – qu'y a-t-il de mal à ça? Chaque jour on promettait de trouver une solution au problème, mais personne ne faisait quoi ce soit pour faire avancer les choses. La cause n'était pas tant une quelconque inertie qu'un défaut d'expérience appropriée. Pour enlever la baleine, camions et grues ne suffiraient pas ; il fallait d'abord la découper en morceaux, or personne n'était prêt à prendre une telle responsabilité. C'était une tâche qui requérait de l'ingéniosité, et personne n'était capable d'imaginer une solution.

Un homme d'affaires qui possédait une datcha non loin de là déboula avec sa Jeep et déclara qu'il allait régler tout cela, que l'argent n'était pas un problème. Il n'avait que deux ou trois coups de fil à passer et « ses gars » allaient nettoyer tout ça. Il passa effectivement deux ou trois coups de fil et, sur ces entrefaites, reprit place dans sa Jeep et repartit. La baleine, bien entendu, ne bougea pas d'un pouce sur la grève. Peu de temps après, un résident d'une coopérative de maisons de vacances – énergique, d'âge mûr –, s'employa à faire ce que, pour reprendre ses propres termes, « toute personne sensée aurait dû faire dès le début », à savoir alerter l'émission de télévision *Sous le feu des projecteurs*[30]. On eut brièvement l'impression que

30. Émission de la chaîne privée TV3 dédiée aux nouvelles criminelles, aux accidents de la route et autres sujets sanglants. (N.d.T.)

l'affaire allait de l'avant – une équipe de télévision au grand complet surgit sur la plage. Un court sujet fut filmé (Ēriks fut interviewé, mais pour une raison que l'on ignore, en fin de processus, il avait disparu au montage), et tous s'en retournèrent à Riga – retour à la case départ.

Le lendemain, survinrent encore quelques journalistes intéressés, envoyés par différents médias, mais vingt-quatre heures plus tard, l'affaire était retombée – il s'était entretemps produit dans le monde toutes sortes de choses plus intéressantes et plus importantes. Autour du cétacé pourrissant, les mouches pullulaient, et rien ne venait les déranger. Chaque jour qui passait, elles étaient plus nombreuses, et Ēriks se plaignait de la dégradation continue de ses conditions de travail.

« Prions pour que les goélands s'abstiennent de se mêler eux aussi au projet, observa-t-il, sinon ça va devenir dangereux de rester là. »

Le soir venu, ils se mettaient au coin du poêle, et bavardaient. Ēriks montrait à Ērika son carnet de croquis dont les pages étaient couvertes de dessins minutieux : nageoires, mâchoires, vues d'ensemble selon les plus diverses perspectives, détails de toutes sortes. Ērika était assise et écoutait. D'une certaine façon, elle était contente que personne n'ait emporté la baleine.

Elle contribuait à créer un sentiment étrange de communauté. Une nuit, Ērika fut réveillée par une pensée effrayante : son congé touchait à sa fin. Il ne lui restait plus que quelques jours avant de retrouver la routine de la ville. Elle resta longuement allongée, les yeux ouverts. Elle regardait la pièce dans l'obscurité et se disait que le moment était peut-être venu de mettre un point final à tout ça ; de se libérer de tout ce qui était superflu ; de quitter ce fichu boulot et commencer une nouvelle vie. Mais même une telle idée ne pouvait pas l'apaiser. Au contraire, elle ne faisait qu'approfondir le doute. Ce n'était donc pas la solution adaptée. Elle serra fort les poings, inspira par les narines, se leva et marcha jusqu'au séjour. Le poêle gardait encore de la chaleur, et Ēriks dormait paisiblement sur le canapé, recouvert d'un plaid en laine. Ērika s'assit précautionneusement, s'allongea sur un côté, glissa sous la couverture et se blottit contre lui.

Sans ouvrir les yeux, il sourit, et Ērika embrassa ses lèvres. De l'ichtyologiste émanait un parfum reconnaissable de baleine, mais celui-ci était devenu ordinaire, presque aimable. Toujours sans ouvrir les yeux, Ēriks attira Ērika plus près de lui, ses doigts descendirent le long de sa colonne vertébrale. Elle se disait que si leur histoire était un film, le moment était venu de lancer le générique, puisque cette scène ne pouvait tolérer d'autres spectateurs qu'elle et lui. Mais ce fut alors que de l'autre côté de la porte, du côté de la mer, un bruit étrange retentit. C'était bref, mou et liquide, puis suivirent des hurlements de goélands effarouchés, puis un écho vrombissant. Ēriks et Ērika ouvrirent les yeux, réfléchirent quelques instants, bondirent de leur couchette, enfilèrent les premiers vêtements qui leur tombèrent sous la main, sautèrent dans leurs bottes et se précipitèrent dehors.

Ce coup-là, l'odeur était vraiment insupportable – elle se diffusait tout le long du rivage, et était perceptible jusqu'à la forêt. Ērika se couvrit de la main la bouche et le nez. Ēriks tira de sa poche son bonnet et s'en couvrit le chef. Un chaos total régnait sur la côte. Il faisait sombre, l'odeur piquait les yeux, et l'on avait l'impression que, sous l'effet de l'explosion, les étoiles elles-mêmes avaient bougé. La forme que l'on pouvait jusque-là reconnaître comme celle d'un majestueux mammifère marin faisait à présent songer à une énorme serpillière en charpie que les eaux de la mer venaient rincer. De petits morceaux de matière organique étaient éparpillés partout sur la rive, certains même étaient allés s'accrocher aux branches des pins.

« La vie est tellement bonne, observa Ērika, en maîtrisant un réflexe de vomissement.

– Il m'arrive aussi parfois d'avoir cette impression », lui répondit Ēriks en réajustant son bonnet.

Contrôle nocturne

Pauls Bankovskis

Quant à savoir ce qui se passait à l'intérieur, les avis divergeaient. Chacun avait sa version des faits, son opinion et ses convictions – ses représentations mentales de la scène, toutes plus atroces les unes que les autres.

« Les flammes vous y dévorent d'un feu éternel sans que jamais vous ne vous consumiez tout à fait, racontait Zinaïda du haut de ses cinquante-deux ans. C'est comme les flammes de l'enfer, mais en plus chaud. Imaginez un peu ce que ça fait quand on met la main dans le feu, sauf que là, les flammes sont partout autour de vous. Et infiniment plus brûlantes que des flammes ordinaires. La chaleur infernale est partout à l'extérieur, mais aussi à l'intérieur de vous – et pourtant, la transformation en charbon ou en cendres ne vient jamais. On crame à l'infini. C'est à coup sûr une volonté divine, un châtiment céleste pour expier nos péchés. Et je sais bien que, si la même chose devait m'échoir, la peine serait bien méritée. »

Tout cela ne relevait pas franchement du témoignage. Chacun parlait de choses dont il n'avait pas fait l'expérience en personne. Ce n'était qu'histoires racontées un nombre incalculable de fois, récits rabâchés, remâchés et digérés dans des contextes divers, supputations peu fiables basées sur des connaissances vagues, idées toutes faites et autres préjugés.

« Dans ma vie, j'ai péché, j'ai beaucoup, beaucoup péché », confessa Zinaïda. Et tel était probablement le cas.

En ce qui la concernait, il était rarissime qu'elle utilisât le bus, le trolley ou le tram, et par conséquent, ses couplets sur les châtiments divins n'étaient que pure spéculation théorique. Elle agitait toutefois son bâton de circulation avec tant d'alacrité qu'il semblait que même cette tâche sans lustre avait pris dans sa conscience la forme d'un rituel d'expiation, de rédemption et de purification exigeant toujours plus de perfection. Mārtiņš était différent. Trente-huit ans, homophobe endurci, l'un des idéologues phares de la théorie des extraterrestres.

« Ils te neutralisent, ils t'immobilisent complètement, expliqua Mārtiņš, mais ils te laissent quand même conscient. Ils n'emploient aucun analgésique. Il se peut que de temps en temps, ils injectent dans les veines des substances qui font monter ou descendre la douleur. Et après, ils expérimentent, ils collectent toutes sortes de prélèvements et d'échantillons. »

Lorsque Mārtiņš se lançait sur les extraterrestres, il s'enflammait, bégayait un peu, tripotait nerveusement ses lunettes toujours sales.

« Ce qui les intéresse le plus chez nous, les *Homo sapiens*, c'est notre système reproductif, et c'est la raison pour laquelle toutes sortes de sondes et d'appareils de mesure sont introduits par tous les orifices qui, selon leur conception, sont reliés à ce système. »

Chaque fois que Mārtiņš se mettait à évoquer les orifices et les instruments médicaux, il perforait son interlocuteur du regard, au point de ressembler lui-même à une canule douloureuse et menaçante pour votre intimité.

Mais j'ai, semble-t-il, omis de vous raconter de quelle manière je me suis retrouvé parmi eux. Mes déboires commencèrent plus ou moins en même temps que pour tout le monde, la crise de 2009 battait son plein, mais lorsque je m'en suis rendu compte, il était déjà trop tard. Je ne sais plus comment le projet m'était venu, mais j'avais pris un crédit pour acheter un appartement dans l'idée de le revendre plus cher après ; par ailleurs, il ne me restait plus qu'un an et demi de mensualités pour finir de payer ma voiture en *leasing* lorsque le flux constant, et jusqu'alors parfaitement prévisible, des commandes de prospectus et d'affichettes se tarit subitement, sachant que, pour un graphiste et maquettiste informatique de ma catégorie, peu qualifié, c'était tout un monde qui s'effondrait. Bon, je dois aussi reconnaître que je souffrais d'une légère attirance pour les machines à sous et la bière. Je dus commencer à m'endetter, puis revendre quelques bricoles, histoire de rembourser les dettes, puis m'endetter derechef, et ainsi de suite. Je ne me connaissais pas de riche parent susceptible de m'aider, je n'avais pas non plus des dizaines d'amis – sachant que les rares que je me connaissais, et qui n'auraient pas rechigné à m'apporter leur secours, se débattaient comme des gens à poil courant les uns derrière les autres dans les orties. Voire pire : mouraient.

Et donc voilà, c'est moi : je suis contrôleur de billets dans les transports publics. Et franchement, je suis bien content d'avoir au moins décroché ce job, vu que, pour ce qui est de travailler à nouveau avec un ordinateur, n'y pensons pas, et ce pour la bonne raison que je n'en ai plus.

Je dois aussi le dire d'emblée : je ne me doutais absolument pas que ce qui terrorisait par-dessus tout les employés, ce n'étaient ni les ivrognes ni les fraudeurs agressifs et grossiers voyageant sans titre ; la nervosité et la brusquerie proverbiale qui régnaient dans les rangs de l'inspection avaient une tout autre origine.

Dès les premiers jours de travail, je compris que ce métier ne correspondait pas vraiment à l'image que s'en faisaient du dehors les passagers et usagers de la ville. Zinaïda brandissait son bâton, l'autobus se garait sur le bas-côté, et lorsque les battants s'ouvraient, personne dans l'équipe ne voulait grimper le premier. Mārtiņš, Gennadyi, Youlia et tous les autres de la même manière donnaient l'impression d'hésiter, d'être préoccupés par quelque chose, et ça finissait toujours pareil, je me retrouvais à passer le premier. Au début, j'essayais de me rassurer en me disant que ce n'était qu'une coïncidence et que je me faisais des idées, mais très vite j'eus la preuve que si je ne passais pas le premier, les collègues restaient devant la porte et, l'air de rien, m'observaient – comme m'observaient semblablement les gars et les filles de la police municipale. « Il n'est pas encore au courant », les entendis-je chuchoter – et j'étais certain qu'il s'agissait justement de moi. Le secret ne s'éventa que quelques mois plus tard, lorsque Laura rejoignit notre brigade, une meuf forte et hommasse, qui faisait nettement plus que son âge. Le jour de son arrivée, tout le monde lorgnait en douce pour la voir monter la première dans le véhicule abordé.

Il tombait un petit crachin. Nous formions un cercle de fumeurs.

« Bon, le moment est venu pour toi d'être mis au jus, déclara Gennadyi sous sa moustache. Note bien que ce que je vais te dire là est un secret. Nous, on est au courant, quelques mecs de la police municipale aussi, mais pour tous les autres, c'est interdit. Laura non plus ne doit pas savoir. Pour l'instant. Ne serait-ce que pour la bonne raison que personne ne voudrait te croire. On penserait que tu as perdu la boule. Bon, allons-y franco : le bus bleu, tu en as entendu parler ? Hmmm ? »

Je n'arrivai pas à prendre véritablement Gennadyi au sérieux et, un peu étonné, je fis « oui » de la tête. Bien sûr que j'en avais entendu parler ! Et depuis l'enfance, même. C'était une histoire pour faire peur aux gamins : un bus bleu qui kidnappait les enfants pour les emmener dans la forêt, où ils disparaissaient à tout jamais. Plus tard, j'avais lu quelque part sur Internet que la légende trouvait son origine dans le massacre des Juifs de Riga dans la forêt de Rumbula[31] en 1941, lesquels avaient été conduits à la mort dans des bus de ville bleu-gris.

« Extérieurement, c'est le même que tous les autres. Aujourd'hui, tous les bus sont bleus. On a l'impression qu'à l'intérieur, il y a de vrais passagers, au volant, un vrai chauffeur. Lorsqu'on comprend que c'est un faux, il est déjà trop tard. Les portes se ferment, il disparaît. »

Gennadyi se tut.

Ils étaient tous là, à me fixer.

« Et après ? demandai-je.

– Il n'y a plus d'après, trancha Mārtiņš. Ceux que l'autobus bleu emporte, on ne les revoit jamais. Personne n'a été retrouvé. Rien n'a été retrouvé – pas même un os ou une veste d'uniforme. Au début, on ne faisait pas gaffe, il n'y avait aucun principe de sécurité, la brigade au complet montait à bord. En l'espace d'une semaine, plusieurs dizaines d'agents avaient disparu.

31. Voir note 15, page 21. (N.d.T.)

– Ouais, mais bon, rétorquai-je, l'autobus lui-même, il doit bien être quelque part.

– *Vot*[32] ! C'est ça le hic, justement, me reprit Gennadyi avec agitation, il doit bien être quelque part, mais il n'y est pas ! Tu te figures qu'on n'a pas cherché ? Tu te figures qu'on n'a pas passé au peigne fin la totalité du parc, y compris les vieux tacots hors service et les épaves à la casse ? Mais rien ! Cet autobus est introuvable. De la même façon, les recherches ligne par ligne ou par numéro d'immatriculation n'ont rien donné. Un jour, c'était le numéro 22, mais la nuit suivante, c'était le 3 ou le 50. Quant au numéro sur la plaque, ce n'est jamais le même, et il ne correspond jamais à un véhicule réellement en exploitation.

– Et, euh, les personnes qui disparaissent, ce ne sont que des contrôleurs, ou les gens ordinaires qui montent aux arrêts sont aussi menacés ? demandai-je incrédule.

– On n'est pas sûr à cent pour cent, mais il semble qu'"il" laisse tranquille les gens normaux, répondit le grand Juris, sachant que, si tel n'était pas le cas, ça ne pourrait rester longtemps secret, on ne serait pas les seuls à être au courant.

– Et du côté de Rīgas satiksme[33] ? fis-je. Ils doivent bien savoir quelque chose. Il s'agit quand même de leurs employés ! Et les familles : que disent-elles de leurs proches disparus ?

32. Voilà, en russe. (N.d.T.)

33. La société de transports publics de la ville de Riga. (N.d.T.)

– Même s'ils savent quelque chose, ils sont muets comme des maquisards, commenta Gennadyi, soulignant son propos d'un geste de la main. S'ils savent quelque chose, tu penses bien qu'ils ne le reconnaîtront jamais. De toutes les façons, ça ne sert à rien de parler avec eux. Et quelle personne normalement constituée pourrait croire une histoire pareille ? C'est pourquoi, même si tu sais quelque chose, il est plus facile de faire comme si de rien n'était, de dire que tu ne crois absolument pas à tout cela. Que c'est proprement impossible. Et du coup, de faire disparaître toutes les traces qui pourraient éveiller les soupçons de liens entre les disparitions et notre profession. Est-ce que tu as une petite idée du nombre de disparitions depuis le début de l'année ? Vingt-cinq ! Ils sont passés où, selon toi ?

– Il y a une théorie qui circule selon laquelle... chuchota Mārtiņš, ledit autobus, en fait, ne serait même pas un autobus, mais bien un...

– Je n'y crois pas, je n'y crois absolument pas ! l'interrompit Zinaïda.

– Zinaïda, permettez-moi au moins de terminer, insista Mārtiņš en tripotant ses lunettes. Ce que je voulais dire, c'est que, la théorie de certains, c'est que cet autobus n'est pas un vrai autobus, mais qu'on doit plutôt le considérer comme un mutant... »

Zinaïda soupira, je devais avoir l'air totalement sonné, et Mārtiņš avec la voix d'un prof exaspéré par des élèves récalcitrants se lança dans les explications suivantes :

« Il s'agit d'un organisme vivant jusqu'alors inconnu, une forme vivante qui, par moments, est capable de prendre l'aspect d'un autobus, mais qui, le reste du temps, vit sous une autre apparence, ou encore hiberne quelque part. Selon cette théorie, nos collègues disparus dans cet autobus – ou si l'on veut être précis, dans cet organisme qui prend la forme de cet autobus – sont nécessaires en tant que nourriture. C'est ainsi que pourrait s'expliquer le caractère cyclique des disparitions – on suppose que, comme pour les reptiles, l'autobus a besoin d'un certain temps pour sa digestion. Il n'est pas à exclure que l'autobus soit une sorte de plante atypique, une mutation génétique, une plante carnivore. Vous avez vu *La Petite Boutique des horreurs* ? Voilà voilà, dans ce genre-là ! Ou encore ces plantes bizarres que l'on voit dessinées dans le fameux *Manuscrit de Voynich* qui est conservé dans la bibliothèque de l'université de Yale et qui, jusqu'à ce jour, n'a toujours pas été déchiffré. »

La voix de Mārtiņš s'éteignit et son regard se fixa sur un point invisible.

« Du sucre ! Vite, un truc sucré ! » ordonna Zinaïda.

Soudain, ça s'agita dans tous les sens, et ce ne fut qu'une fois que l'on eût enfourné un carreau de chocolat dans la bouche de Mārtiņš que je compris que ce qui lui arrivait n'avait rien à voir avec son récit, mais était bien plus probablement lié à un problème de diabète. Et pourtant, il était nettement plus jeune que moi.

Ce fut alors qu'un autobus apparut. Il déboula depuis le coude que formait la rue, et il ne ressemblait en rien à un moyen de transport public ordinaire. À distance, je tâchais de relever tous les indices suspects – tout ce qui pouvait sembler inhabituel, singulier, et j'aurais très probablement éprouvé un étrange sentiment de soulagement si quoi que ce fût de tel eût retenu mon attention. Mais le plus épouvantable à cet instant, ce fut bel et bien que je ne voyais rien. Tout se passait comme si ce sentiment perturbant d'inconnu et de peur était provoqué par un autobus en tous points ordinaire.

Mārtiņš commençait déjà à reprendre ses esprits, Zinaïda brandit son bâton de circulation et l'autobus, avec un lourd soupir, se rangea sur le bas-côté. Un autre mugissement, et la porte s'ouvrit. L'intérieur avait tout du salon d'autobus urbain ordinaire, on voyait qu'il y avait même quelques passagers, certains irrités, d'autres inquiets qui lorgnaient dans notre direction. Je n'entendais pas monter le premier, et, à l'instar de mes collègues, je suivais du coin de l'œil ce que faisait Laura.

Sans se préoccuper de nous, elle bondit lourdement à bord du véhicule. Il ne se passa rien. Quelques secondes plus tard, nous la suivîmes. Et il en fut ainsi durant une semaine environ. La nuit, tout semble plus étrange et plus menaçant qu'en plein jour. Ces autobus quasi, voire totalement vides, dont les viscères illuminés étaient traversés d'ombres traînantes à demi mortes semblables à des silhouettes, faisaient songer à un tableau d'anatomie scolaire représentant en coupe transversale un tube digestif humain ou animal.

Lorsque Laura n'était pas dans les parages, de telles nuits étaient propices à la résurgence des différentes théories tentant de tirer au clair ce qu'il advenait, à l'intérieur de l'autobus, de nos prédécesseurs kidnappés. Je commençais à connaître sur le bout des doigts les visions propres à chacun de mes collègues. Pour Zinaïda, tout reposait sur des considérations religieuses. Mārtiņš était un adepte physiologique de la mouvance extraterrestre. Gennadyi, vétéran de la guerre d'Afghanistan, se représentait toutes sortes d'atrocités et de sévices. Youlia sentait intuitivement que, dans le bus, des violences sexuelles l'attendaient, et le grand Juris estimait pouvoir penser que le véhicule était en fait un portail pour voyager dans le temps, et que tous les captifs vivaient à cette heure dans un passé ou un futur plus ou moins proches. Viktors savait que le bus appartenait à une organisation criminelle spécialisée dans le trafic d'organes humains pour le compte d'un laboratoire, mais Leons, lui, avait la ferme conviction qu'il était l'instrument d'expériences militaires menées conjointement par l'OTAN et les services secrets lettons. Laura ne se réclamait d'aucune théorie. Tout comme moi.

Il faut dire que, contrairement à nous, ses collègues plus âgés, elle ne tarda pas à découvrir la vérité. L'unique malheur, c'est qu'à l'instar de tous les disparus, elle n'aurait aucun moyen de communiquer à d'autres ce qu'elle allait apprendre.

C'était un mercredi matin de très bonne heure, nous étions tous à demi endormis – Gennadyi et Juris indiscutablement éméchés. Une pluie fine et glaciale, comme un brouillard cinglant poussé par le vent, exaspérait la morosité ambiante. Dans les autobus, c'était humide et étouffant, ça empestait les inégalités sociales et les modes de vie variés des passagers. Je détestais ce type de temps : aussitôt dans l'habitacle, mes lunettes se recouvraient automatiquement de buée et, le temps de trouver dans ma poche un mouchoir et d'essuyer mes verres, je perdais quelques secondes cruciales pour débusquer un fraudeur. De façon générale, nous ne parlions pas entre nous, nous échangions exceptionnellement quelques phrases rudes. Nous montions et nous descendions à bord de chaque véhicule inspecté, comme si nous participions mécaniquement à Dieu sait quel rituel ; Laura montait la première, puis les autres un instant plus tard. Elle donnait l'impression de ne rien noter de suspect dans notre manège, et cette impression était justifiée.

C'était l'autobus n° 3 en provenance de Bolderāja[34]. Laura venait à peine de grimper à bord que, dans un

34. Quartier populaire de Riga situé à l'embouchure de la Daugava, au bord de la mer. (N.d.T.)

chuintement, la porte se referma. Et il s'en fallut d'un cheveu que Gennadyi ne restât à l'intérieur lui aussi ; dans l'état misérable où il se trouvait, sa sagacité se trouvait de toute évidence émoussée. Toutefois, lâchant un « *bleh !* »[35] furibard, il parvint d'un mouvement vers l'arrière à s'extirper du piège – réussissant même à envoyer un coup de pied dans l'aile droite de l'autobus. Il me semble l'avoir dit : Laura était un sacré gibier. Elle commençait systématiquement ses phrases par des : « Tu vois, en gros… » De l'autre côté des vitres, on ne la sentait pas du tout disposée à se laisser faire. Depuis l'intérieur, on entendit des cris qui furent d'abord de rage avant de devenir bientôt de désespoir, s'accompagnant d'un martèlement contre la porte. Soudain, on ne vit plus rien – les fenêtres s'étaient recouvertes d'une sorte de film noir et opaque. Crachant dans l'air humide et froid une bouffée noire de fumée de diesel, l'autobus détala, franchissant au feu orange le carrefour. On entendit encore, pendant quelques instants, les hurlements de Laura.

« *Nihouya sébé…* »[36], maugréa Gennadyi.

Nous restâmes silencieux. D'une façon ou d'une autre, il était clair que c'en était fini de notre tournée, que plus personne n'aurait la tête à se remettre au travail. Gennadyi et Juris étaient en voie de dégrisement et, sur ces entrefaites, et comme un seul homme, sans

35. Interjection russe aussi banale que vulgaire. (N.d.T.)

36. Expression vulgaire en russe montrant un grand étonnement. (N.d.T.)

discuter, nous prîmes la direction du bar. Pareillement, comme un seul homme, et sans discours superflus, nous nous enfilâmes une, puis deux, puis trois bouteilles d'Hektors[37]. Ce fut alors que je constatai que mes collègues portaient sur ma personne un regard insistant.

« Bon ben voilà où en est rendu, fit Juris. Retour à la case départ : ce sera à toi de monter le premier. »

Le silence tomba. Au mur, sur un poste de télévision au volume coupé, le flash d'information du matin se déroulait.

« Mais… m'alarmai-je, comment cela ? Maintenant, je suis au courant de tout.

– Ça ne compte pas, trancha Mārtiņš. Même si tu es au courant, tu n'en restes pas moins le dernier arrivé, donc du coup, c'est à toi de monter le premier. Et ça, jusqu'à ce qu'on ait recruté un nouveau. »

J'eus soudainement la sensation que, dans cet ordre de passage, quelque chose clochait.

« Mais donc, du coup, ça veut dire que ceux qui se font bouff… ceux qui disparaissent, ce sont toujours les petits derniers. Peut-être que, de temps en temps, ceux qui sont arrivés juste avant pourraient y aller. Quoi qu'il en soit, vous personnellement, ça ne vous exposera pas davantage. Toi, Mārtiņš, tu te situes où dans l'ordre des arrivées ?

– Je suis le troisième. Zinaïda et Juris sont arrivés avant moi, mais ça n'a pas d'importance. Il m'est aussi

37. Brandy de qualité inférieure produit par la société lettone de production de spiritueux Latvijas Balzams. (N.d.T.)

arrivé d'être le cinquième, et du jour au lendemain, de me retrouver à remonter le premier. Ce n'est pas comme s'ils étaient des milliers à faire la queue pour venir bosser chez nous.

– Ne te fais pas de bile, mon vieux, me fit Gennadyi pour me rassurer. On est partis pour avoir devant nous un bon mois tranquille. Quasi un mois. En général, il ne se repointe jamais avant.

– Ouais, un mois, approuva Mārtiņš. Il y a même une théorie qui dit qu'il serait relié aux phases de la Lune, comme les marées.

– Enfin ça, franchement, j'y crois pas cinq minutes..., dit Zinaïda qui commençait à en avoir un bon coup dans le nez.

– Dis-moi, est-ce que tu as une petite idée de ce qui se passe là-dedans? m'interrogea Mārtiņš en se rapprochant de moi.

– Oui, eh bien non. » Je m'embrouillai. Les hurlements de Laura me revinrent. « Franchement, je n'en ai pas la moindre idée.

– Pour ce que ça change, de toute façon! »

Gennadyi fit un signe de la main pour signifier au barman de remettre une tournée. « On s'est tous fait notre film dans notre coin, mais en fait, personne ne sait ce qu'il en est en vérité.

– On n'en sait rien, mais on y croit... corrigea Zinaïda.

– Ça n'a rien à voir avec la croyance, bougonna Mārtiņš.

– Allez, on ferait mieux de s'en remettre un petit ! recommanda Gennadyi. À nos succès ! »

Le fait de connaître la menace pesant sur moi – à savoir, pour le moins, l'impossibilité de tout retour en arrière – rendait la montée dans un autobus à la fois plus difficile, et singulièrement plus simple. J'avais la trouille, bien sûr, une formidable trouille, mais je n'étais plus tourmenté par les soupçons visant mes collègues, je n'avais plus à décrypter leurs comportements incompréhensibles lorsqu'ils étaient à l'affût, attendant de me voir enfin monter le premier. La procédure ne faisait plus l'objet de discussion, nous nous comprenions sans mot dire. Sans tergiverser, je passais d'abord, et les autres suivaient. Rien à signaler, hors de la routine quotidienne faite d'accrochages voire d'empoignades avec les fraudeurs appréhendés, de torrents d'injures et d'imprécations, de mêlées avec des passagers pris de boisson, d'interventions de la police municipale, etc.

Quant à savoir ce qui pourrait se produire si soudain, derrière moi, la porte venait à se refermer, me retenant bloqué à l'intérieur, je m'efforçais de ne pas trop y penser. Reconnaissons que les réflexions sur ce qu'il y aurait eu au monde avant notre venue ou ce qui arrivera quand nous n'y serons plus n'étaient pas de celles qui nous préoccupaient le plus. Oui, je sais ! Il y a des gens qui croient en la vie après la mort et autres choses de ce tonneau-là – comme notre collègue Zinaïda. En ce qui me concerne, je n'ai jamais été religieux, ma vision du monde se fonde sur des observations totalement rationnelles où des machins comme l'enfer, le paradis et le purgatoire n'ont pas leur place. La menace qui rôdait dans le parc d'autobus avait beau entrer en conflit avec mes conceptions, j'essayais de me rassurer en me disant qu'il y avait forcément une explication intelligible, reposant sur des lois de la nature telles que nous les connaissons aujourd'hui. La seule chose qui ne me lâchait pas l'esprit, c'était les hurlements de Laura. Les pressentiments et l'intuition n'ont que fort peu à voir avec l'intellect, mais je retrouvais un peu de calme et d'assurance en me convainquant que, lorsque mon tour viendrait, voyant l'autobus approcher, d'une manière inexplicable, je le sentirais, je le saurais. Semblable à tous les autres, un autobus s'arrêta sur le bas-côté, pour l'instant je ne notais rien de spécial, je n'éprouvais aucune sensation particulière, je ne voyais venir nulle menace.

Il me semble avoir dit que, dans les tournées de nuit, il était tout de même nettement plus difficile de garder la tête froide. L'obscurité, la fatigue et les voyageurs nocturnes formaient une toile de fond cafardeuse, propice aux idées relatives à l'incertitude de l'avenir et aux atrocités qui possiblement m'attendaient. Toutefois, des réflexions d'une tout autre nature m'assaillirent. Allai-je donc passer le restant de mes jours ainsi, dans la peau d'un contrôleur des transports publics? Et, par-dessus le marché, est-ce que ça valait le coup de trembler à l'idée de se retrouver un jour englouti par un autobus dont il serait impossible de s'extraire ?

Si quelque chose devait arriver, ce serait à coup sûr de nuit, me disais-je. Cette conviction eut pour résultat de rendre les permanences nocturnes significativement plus fatigantes et pénibles, et par contraste de développer en journée un sentiment de sécurité – avec le risque que ce dernier fût une illusion.

Les militaires ont coutume de dire que la balle qui nous est destinée, on ne l'entend jamais venir. En ce qui me concerne, mon autobus, je l'ai parfaitement entendu. Il était minuit passé de quelques minutes. Il s'agissait d'un bus de nuit sans numéro. Enfin, dire que je l'ai entendu venir n'est pas tout à fait exact, sachant qu'à l'oreille, tout ce que j'ai perçu, c'était qu'il se déplaçait sans faire de bruit. Soudain, tous les sons de la ville cessèrent aussi : les mouettes ne piaillaient plus ; les trains sur le pont ne cliquetaient plus ; les autos ne vrombissaient plus en passant ; les ivrognes avaient déserté la vieille ville… Le bus franchit les rails du tram, il approchait en tanguant dangereusement.

Zinaïda leva son bâton. Une idée puérile me traversa l'esprit : je devrais intervenir, le lui arracher des mains, l'empêcher de stopper le véhicule, et partant, interférer dans le cours de mon destin – mais l'instant d'y penser, il était déjà trop tard. Le bus s'arrêta, la porte s'ouvrit. L'habitacle était en tout point semblable aux bus de villes ordinaires, une douzaine de passagers étaient gentiment assis. Pourtant, quelque chose me retenait d'y aller. J'avais dû rester planté là interdit un peu trop longtemps puisque j'entendis à côté de moi Mārtiņš faire : « *Hum hum !* »

Je me retournai vers les collègues et, à leur mine, je compris qu'eux aussi, ils savaient. Gennadyi se mordit les lèvres et secoua tristement la tête, et Zinaïda, quoique de manière confuse, me fit un geste de la main. Je repris profondément mon souffle et montai à bord.

Pousse pousse

Andra Neiburga

Quand j'allume le poêle, je pense à mon bois. Point. À mon bois, et puis c'est tout. La forêt, les arbres, les gars qui ont abattu ces arbres, rien à foutre. Ce qui m'intéresse, c'est le petit bois, est-ce qu'il est assez sec, est-ce que ça va prendre ou non dans cette saloperie de poêle, est-ce que la cheminée va recracher sa fumée dans l'autre sens comme un petit vieux de l'hospice des nécessiteux.

Le sens de la vie ? Allez vous faire foutre. La vie n'a aucun sens, aucun. D'accord, les perce-neige j'adore, et puis les petits rus au printemps, tu vois. Les ruisselets. Le soleil. Il n'y a pas à dire. Tu sors le matin en tatanes, encore en chemise de nuit, il ne fait pas froid, même si l'eau dans la bassine a encore une fine couche de glace par-dessus, la chaleur du lit reste captive entre la peau moite et la toile de flanelle ; tu balaies du regard la cour devant la maison – tous les sentiers sont dégagés, tout est plus ou moins en ordre, la sève coule sans volonté du bouleau dans le seau : ploc, ploc, ploc. Un oiseau pépie pour lui-même. Remplis-toi les bronches de cet air vif que le jour n'a pas encore gâté, euh ! Accroupis-toi dans la mousse derrière le cabanon et observe la pisse imprégner en scintillant le lichen – un délice.

Peut-être que là, il y a du sens. Pile à ce moment. À ce moment unique où il faut regarder ce qu'il y a autour, et même pourquoi pas le ciel. Regarder comme ça, sans penser à rien. Pas se prendre la tête pour se demander, genre, si Dieu existe ou pas ; si ça risque de se mettre à flotter ou pas, s'il faut remballer dare-dare le linge sur le fil.

Mais tu vois, c'est comme ça quoi qu'il en soit, comme ça et puis c'est tout. Ça se passe sans toi, et non pas pour toi. Tu t'es retrouvée là, comme ça, entre autres choses. S'en réjouir ou s'en plaindre – chacun son truc.

Les planètes tournent ? Qu'elles tournent. L'univers se dilate ? Hein, qu'est-ce que vous dites ? Et quoi ? Voilà qu'il recommence déjà à se comprimer ? Bon ben qu'on le laisse se comprimer peinard – il y a un bail qu'il aurait déjà dû le faire. S'enfoncer, se disloquer. La paix, et point barre. Je t'en ficherais, moi, de l'univers. Je n'en ai pas besoin. Et si l'univers a besoin de moi, ben, s'il vous plaît, il sait où me trouver !

Comme la fois dans ce rêve où j'avais été désignée comme la continuatrice de l'humanité, l'ancêtre élue. Le monde entier courait à sa perte, la guerre atomique ou un truc dans le genre. Terre rouge, ciel rouge, tout transformé en poussière rouge, et en fait, impossible de comprendre quoi, et où ça commence et où ça finit. Et de tout ce rouge sort une sorte de vaisseau, genre, un vaisseau volant, genre une soucoupe volante et là, une voix de tonnerre retentit (voire peut-être que ces paroles s'inscrivent en lettres de feu pour ne pas rester gravées au ciel, mais je ne peux en rien le promettre, il est possible que j'aie inventé ça plus tard) : Andra ! Magne-toi ! dit la voix, il faudra des milliards d'années avant que la vie, à partir d'une molécule, revienne sur Terre, mais la possibilité t'est offerte de commencer là-bas une nouvelle vie.

Où ça ?

Elle ne l'a pas dit. Je me réveille.

Si, comme on dit, ta misère à toi te ratatine, celle des autres t'amplifie. Et voilà, c'est comme ça que je me ratatine dans ma baraque en plein milieu des bois, à côté du cimetière. Une route défoncée, un autobus pour le centre du district passant deux fois par semaine, l'épicerie ambulante une fois. Si le camion n'est pas en rade.

En Lettonie, des endroits comme ça, il n'y en a plus ? Bien sûr que si qu'il y en a, mes biquets, bien sûr qu'il y en a plein ! Et moi, ici, voyez-vous, je m'y trouve bien. Pas de quoi me plaindre.

Je pense à mon bois. Je pense à la bouffe. Et puis à Papi.

Aussi l'hiver je pense au printemps, et l'été à l'automne. L'automne à l'hiver. J'y pense, non pas dans je ne sais quel sens philosophique ou métaphorique, non. C'est simplement : l'hiver arrive, il faut rentrer du bois. Le printemps : passer le râteau pour ramasser les feuilles de l'an passé, bêcher le carré de patates. L'automne : aller aux champignons.

Le sens de la vie.

Il m'a bien pris la tête hier avec son sens de la vie. Bien bien pris la tête.

Je me disais, allons-y à la vodka, tout ça tout ça, plusieurs mois que je ne me suis pas fait de mec. Mais voilà que je tombe sur un qui a des questions à ne plus savoir qu'en faire.

Du coup, on n'a même pas réussi à se foutre au pieu.

– Le sens de la vie, qu'il me dit, on le trouve où ?

– Tu n'as qu'à pas chercher, que je lui dis. Ne te mets pas la pression, ça t'évitera d'avoir les boules si tu ne le trouves pas.

Allez, vous connaissez le vieux dicton, bien sûr : qui cherche trouve ? Complètement con comme dicton, je vous dis. Qui cherche ne trouve quasiment jamais rien, mais qui ne cherche rien tombe dessus par hasard. Tenez, par exemple, va dans la forêt, et essaie de retrouver ton canif à champignons. Tu vas arpenter le terrain pendant une semaine, deux semaines, tu ne trouveras jamais rien. Pareil, un billet de cinq balles par terre dans la rue ? Crois-y mon con. Par contre, vas-y, penche-toi comme ça, sans but précis, dans le bois pour faire ta crotte, ou sur un trottoir, alors que tu shootes dans une canette de bière vide, et là, vlan ! Voici ton canif, par ici le bifton. C'est dans la poche.

Un bail que je ne cherche plus rien.

S'il y en a, il y en a. S'il n'y en a pas, il n'y en a pas.

La voisine, enfin la voisine, façon de parler – un kilomètre après le fossé –, chaque vendredi soir, elle se peinturlure comme la reine de Saba et elle déboule au dancing du bourg. Elle cherche. Elle chasse. Elle chasse le mec. La conne, elle ferait mieux de rester cachée.

Aïe, je m'égare.

Il faut donner sa bouillie à Papi. Sa bouillie avec de la confiture.

Lait, beurre, semoule.

Et merci. Non pas merci mon Dieu – merci ma pomme, qui suis encore capable de gagner mon fric par moi-même. D'en être capable avec un travail physique.

Il y en a d'autres qui font de l'art, qui écrivent de la musique, qui jouent du théâtre, qui font prof à l'école, mais toi (à savoir moi) – je pousse, je tire. Pousse, ma petite vieille, pousse. Nique ton *Alma mater*, avec ton éducation supérieure. La vie t'entortille. Tu te débats trop – ça ne fait que serrer plus fort le garrot. Du coup, tu ferais mieux de te calmer.

Pas de mec ?

Non.

Et alors ? Je peux m'arranger toute seule.

Les mains : j'ai des coupures partout sur les mains – tiens, là, c'était avec un couteau ; là, je me suis fichu un coup de hache ; là, c'est avec ce manche de brosse métallique de merde que mon ex avait laissé traîner pété en deux par terre, pointu comme une sagaie, je me suis pris les pieds dedans – coup de bol que je ne me sois pas crevé le bide.

Tout ce que je peux faire, je le fais. Et ce que je ne peux pas faire, ben je ne le fais pas. Laisse tomber et ta gueule.

Ben voilà, le clebs n'a pas été piqué, pas eu le temps.

Ben voilà, il est assis, il me regarde avec des yeux bizarres. Peut-être qu'il est déjà dingue : il va traîner dans les bois, dans les marécages, qu'est-ce qu'on en sait. Enfin de cette maladie, on n'en guérit pas. Mourir, on s'en branle, mais c'est pour la souffrance. La douleur, ça me rend folle de trouille. Il paraît qu'avec la rage, on passe par des douleurs atroces. Trois jours de douleurs. Et pourquoi on ne pourrait pas tout simplement piquer les malades ? Les piquer pour pas qu'ils souffrent. Mais non, les médecins ne font que ce qu'ils veulent.

Floutch !

Je ne pense ni à la forêt ni à la mer – au ciel non plus. Je me fous de votre gueule, je ne vous vois pas, c'est compris ?

Je ne vous vois pas !

Le matin galope comme un étalon, écume sous le harnais, on n'a le temps de rien faire. Putain, cette saloperie de poêle s'est encore éteint, et Papi depuis sa chambre qui gueule qu'on lui apporte sa bouillie, et puis quelqu'un qui lui a encore dézingué son antenne de télé. Ce n'est pas moi qui t'ai dézingué ton antenne, bon sang, vieux débile ! Putain. Je n'en ai rien à foutre de son téléviseur. J'ai mon *reality show* à moi, ma *Ferme Célébrités* perso. Dézingué toi-même.

Il me croit pas.

Me balance dessus son journal, furibard.

Il roule des yeux.

Eh ! Jusqu'où tu crois que tu vas pouvoir me le balancer ton canard, bouffon !

– C'est ça, c'est ça, tu sais mieux toi, l'intelligente c'est forcément toi !

– Ben c'est évident que c'est moi qui suis intelligente. Pas toi. La voilà ta bouillie, bouffe, tu regarderas la télé ce soir.

Pour le chien, c'est aussi de la bouillie. Pas la même. Bouillie à l'eau avec un cube de bœuf. N'allez pas vous imaginer que je donne la même bouillie à Papi et au chien. Un peu d'humanité s'est conservée en moi. Est-ce que c'est bien ? – incapable de le dire.

– Qu'est-ce que c'est que ça comme confiture ? gueule Papi.

– Gelée d'airelles.

– T'appelles ça de la gelée d'airelles, toi ? La gelée d'airelles, il faut qu'elle soit complètement cuite, il ne doit plus rester de fruits à l'intérieur.

– Il y a zéro fruit à l'intérieur.

– De la gelée d'airelles avec zéro fruit à l'intérieur, c'est quoi ce cirque ?

– Exactement pareil qu'hier. Bouffe.

– Hier, c'était une autre. Mais tu sais mieux que tout le monde, l'intelligente c'est forcément toi.

Pourtant, il bouffe quand même.

Suffit. La paix, la paix.

Le poêle s'est encore éteint.

Et la méchanceté. La méchanceté aussi est une manifestation d'humanité.

Tu ne crois pas, non ? À ton avis, l'animal aussi est méchant ? Bien sûr, enfin je veux dire, pas aussi méchant qu'un homme. Moi, par exemple, j'en veux au bouleau. Aux pierres, à la mare.

Parce que je me fais vieille.

Tu regardes quoi, le clebs, c'est quoi cette bave qui dégouline ? Zou ! dégage, putain.

Les sols.

La vaisselle.

Sortir le linge du sac à linge sale.

Laver le ligne.

Étendre le linge.

Mettre le sec dans l'armoire.

Et puis encore les sols. Et le temps, on le trouve où ?

Papi qui se remet à gueuler – pour la énième fois il vient de démasquer un complot juif dans le journal.

– Mange, que je dis, au lieu de gueuler. La bouillie va refroidir.

Quand il se lance sur les Juifs, il y a longtemps que je ne réponds plus.

– Calmos, que je dis. Chez nous, dans la forêt, des Juifs, on n'en a pas. On est entre nous, et les Juifs, ils sont aussi entre eux. Et de toute façon, le Juif, c'est aussi un homme.

Eh bien, c'est malin, je me suis fait avoir ! Il me jette encore son journal à la figure. Vous voyez, la Palestine et Israël ne le laissent pas en paix.

– C'est la dernière fois que tu me balances ton journal, tu es prévenu. La prochaine fois, je ne te le rends pas.

– Quoi ?

– Rien. Mange ta bouillie, ça va refroidir. Et tu n'auras rien d'autre avant cinq heures, je vais au camion.

Le sens de la vie. Qui a le temps de chercher le sens de la vie ? J'ai pas le temps. Je vais prendre la brouette et je vais dégringoler jusqu'à l'épicerie ambulante. Dans un sens à travers la forêt, dans l'autre en longeant la mer. Et par-dessus le marché, mes règles qui viennent de commencer. Mal au bide.

Vous pouvez me dire à quoi ça me sert les règles ? Qu'est-ce que j'en ai à foutre ? Tant qu'à faire, autant que tout ça se termine au plus vite.

Que tout ça se termine en général. Un point c'est tout.

Toutes les nuits, Papi se lève et part en Australie, chez son frère. Paraît que là-bas, il a une poule et un million à la banque. Oh non, mais celui-là alors ! Il va quasiment falloir l'attacher au lit. Ras-le-bol. Toute la journée, je cours partout comme une blatte, et puis la nuit, il m'empêche de dormir.

– Papi, tu entends ?

– Quoi ?

– Du camion, je te ramène quelque chose ?

– Des bandits que c'est, voilà tout !

– Tu veux des bonbecs ?

– Je n'ai plus de dents, avec quoi tu veux que je croque ? Il est irrité. Rien n'est jamais comme il faut.

– Pas grave, tu n'auras qu'à sucer.

Les vieux, ça ne pense toujours qu'à bouffer des trucs sucrés.

Stop. Suffit. Prends la brouette, ma vieille et roule.

– Tu restes à la maison, le clebs. Garde la maison ! Bon allez, Papi, j'y vais, fais pas le guignol !

– Et toi, la petiote, tu ne traînes pas trop, j'ai la trouille de rester tout seul. Des Gitans qui pourraient se ramener.

– Dans deux heures, je suis de retour. Tu es vraiment comme un môme, des Gitans dans le coin, il n'y en a pas.

– Mais oui bien sûr, l'intelligente c'est forcément toi, tu sais tout mieux que tout le monde.

Il a deux heures pour faire son petit roupillon, il ne

va même pas se rendre compte que je suis partie. Ces derniers temps, il passe ses journées à pioncer.

Trois kilomètres à travers la forêt.

Non mais franchement, hier, avec son sens de la vie, il m'a trop gavé.

– Cette vie, comme on dit, elle n'est pas faite pour moi.

– Ça crève les yeux qu'elle n'est pas pour toi ! Pour qui tu te prends ?

– Demandez, et l'on vous donnera ! c'est écrit dans la Bible.

– C'est ça, ouais, tu n'as qu'à faire la manche à Riga à la sortie des églises, et on te donnera.

J'ai sorti une bouteille de vodka, c'est moi qui régale. Pas fichue de me le mettre au pieu. Je suis trop vieille ou quoi ? Ou tout simplement je ne sais pas y faire. Comme me disait mon vieux pote l'intello, l'érotisme, c'est dans la tête que ça se passe. Ou comme le dit la voisine : les mecs, il faut leur baiser la cervelle, après, ils te picorent dans la main. En fait, ils disent exactement la même chose tous les deux. Seulement chacun à sa façon.

Enfin lui, depuis le début, déjà à l'époque où on se tournait autour à l'école, son truc c'était plus la philosophie que l'action.

Toujours les grandes envolées. Malgré tout, après l'école secondaire à Riga, moi j'ai fait des études, pas lui. Et du même coup, toute cette éducation m'a fait définitivement passer le goût de la réflexion. À quoi tu crois que ça sert, putain ? Mes études, je les ai bien finies, mais mon accent, lui, il est resté. Et probablement que ma manière de penser est restée elle aussi un peu spéciale. Et comme me l'avait dit mon pote brillant de la fac : moi, les meufs de la campagne, ce n'est vraiment pas mon truc. Ce coup-là, j'avais dû piquer un sacré fard – il n'avait pourtant aucun moyen de savoir que moi aussi, j'en étais. Mais c'est probablement qu'on a ça écrit sur la gueule qu'on est des meufs de la campagne. Le cordonnier reste cloué à son atelier, pas vrai ?

C'est comme ça que j'en suis arrivée là : mi-figue, mi-raisin, ni faite ni à faire. Un « *fuck off* » et un « putain » dans la même phrase. Pour moi, le péquenot n'est pas assez classe, et pour le mec de la ville, la plouc, c'est moi. Voilà le tableau dès que ça commence à devenir un peu sérieux. À dire vrai, je n'ai pas la moindre envie d'être sérieuse. J'ai largement de quoi faire, de quoi pousser mon rocher devant moi. De la part des mecs, ne t'attends pas à ce que ce soit facile – j'aurai au moins appris ça dans la vie.

Je tangue derrière ma brouette et je m'arrête pour examiner avec scrupule un arbre effondré. C'est sur le terrain de Teodors, mais on s'en fout. Je reviendrai à la brune avec mon égoïne, avec la brouette – allez, pousse ma vieille, pousse ! Et pour ta pomme, un petit stock de bois de chauffage à l'œil.

En ville, je n'ai jamais vraiment pris mes marques – et dans cette ville, par Dieu, toutes ces réflexions sur le sens de la vie ne m'ont jamais apporté la paix. L'eau chaude coule dans les tuyaux, il n'y a rien de spécial à faire pour ça – tout se passe tout seul par soi-même. Je commence à bosser à l'école, mais le salaire qu'on me sert suffit à peine pour payer mon loyer, et je ne parle pas des chiards qui en deux temps trois mouvements me saoulent comme pas possible – ils ne sont plus du tout comme avant, à mon époque. Pas du tout comme à la campagne. Il ne suffit pas de les engueuler pour qu'ils se la bouclent. Ah ça non.

Et puis il y avait ces bringues, ces soirées interminables à brasser du vent.

Merci bien, j'ai donné.

Moi, mes agneaux, je pense à mon bois, comprenez ?

Je ne pense pas à la forêt.

J'ai quitté la ville, retour au bercail.

Pendant ce temps, la *Mutter* s'était barrée avec un mec genre agronome allemand, plantant Papi tout seul sur place, que le Ciel ait pitié de nous, pauvres pécheurs. Elle nous envoie encore des photos de son *Dorf*[38] de Germanie. Elle n'a pas l'air très heureuse. Par contre, elle dit qu'elle sait ce que c'est que le sens de la vie. Qu'elle vit une vie digne d'une personne humaine. C'est exactement comme ça qu'elle l'écrit dans sa pétaradante carte de Noël. Je ne l'ai pas montrée à Papi. Si seulement ça lui était venu à l'esprit de lui poser la question à lui, à l'époque, bien avant, quand

38. Village, en allemand. (N.d.É.)

Papi avait encore toute sa tête, quand il bossait encore, qu'il courait d'une maison à l'autre fabriquer gratis des meubles à tous les voisins du village, quand durant les soirées d'automne il lisait des journaux dans sa cabane de jardin surchauffée, des cèpes séchant sur le bord du fourneau. Aujourd'hui, dans la cabane, l'odeur des cèpes est toujours là… Eh oui, si elle lui avait demandé à l'époque ce que c'était pour lui qu'« une vie digne d'une personne humaine », il aurait eu autre chose à dire que ce pauvre Fritz à saucisse. En Sibérie, comment ne pas s'effondrer ? Comment ne pas balancer les copains ? Comment pendant une vie entière aimer une seule et même femme ?

Moi non plus je ne lui ai rien demandé. Pas eu le temps.

Honte à moi.

C'est comme ça que je ne saurai jamais.

Il n'y a pas longtemps, dans le journal, tout était expliqué de long en large. Sur la société de consommation et tout le tremblement. Fondamentalement, l'article remet le clocher au milieu du village. Et chacun en prend pour son grade. Ceux qui ne cherchent pas le sens ne sont bons qu'à manger et à boire, dès lors qu'ils ont assez de fric pour ça. Et ils bossent. Entre autres choses, ils bossent. Et ils écoutent Raimonds Pauls[39]. En ce qui

39. Raimonds Pauls (né en 1936), pianiste, compositeur et chef d'orchestre, immense star de musique de variétés, non seulement lettone, mais soviétique et post-soviétique. Actif en politique, il a été notamment député et ministre de la Culture (1990-1993) dans les toutes premières années de la république de Lettonie restaurée. (N.d.T.)

me concerne, si vous voulez le savoir, je n'écoute pas Raimonds Pauls mais quoi qu'il en soit, je demande que les autres aient le droit de pouvoir l'écouter en toute innocence. C'est clair ?

Du coup, ça fait qu'ils ne sont en tout pas plus de cinq ou dix, cinquante à tout casser, les gros malins, là, ceux d'en haut, qui savent le sens. Mais à qui faut-il s'adresser pour savoir qui leur a permis de nous priver de sens ? Quel est le sagouin qui nous a piqué le sens ? Ou alors, il en a oublié certains dans sa répartition ?

Fait chier.

Eux-mêmes ils savent, mais ne disent rien.

Vu que, de toute façon, on est trop cons pour comprendre.

À moins qu'en fait ce soit beaucoup plus simple – chacun le sien. Et mon sens à moi est totalement différent du sien, à lui, là, le gros malin. Il est quelque part.

Mais moi, je ne vais pas me mettre à chercher, faites pas chier.

Regardez-moi ça, ces tarés ont complètement labouré le chemin des Gulbītis. C'est comme ça que ça se passe dans notre nouveau « temps des arpenteurs »[40]. Dans les crevasses, pas facile de pousser la brouette. Au fond, c'est pas plus mal qu'on habite à côté du cimetière, au moins personne ne va nous coller un camping à côté.

40. *Le Temps des arpenteurs* (*Mērnieku laiki*), roman des frères Reinis et Matīss Kaudzīte publié en 1878. Considéré comme le premier roman réaliste en langue lettone, il a pour toile de fond le partage des terres seigneuriales consécutif à l'abolition du servage en Livonie. (N.d.T.)

Enfin, de nos jours, va savoir.

Des mémères sont déjà agglutinées autour du camion. Elles ne sont pas bien nombreuses non plus. Combien qu'on est en tout dans le village hors saison ? Je m'adosse contre le tas de rondins et je m'allume une clope. Je vais laisser passer le temps, histoire que la queue avance. Pas envie d'aller avec les vieilles leur tenir le crachoir.

La fumée a bon goût. Le dos me fait hyper mal, putain. Ça sent le bois humide. À côté de la décharge, ça fume ; hier, il y a eu un début d'incendie, les pompiers se sont ramenés. Je n'ai rien dit à Papi pour ne pas le paniquer.

En fait, cet endroit à côté du tas de rondins, il est un peu spécial pour moi. C'est le croisement de trois chemins : vers la mer, vers le cimetière et vers la maison. Il n'y a pas grand-chose à voir : des genévriers, des bouquets de pins, la forêt de l'autre côté du chemin, le plein ciel, la prairie et le portail du cimetière peint en blanc. En fin de journée, il y a souvent de la brume. Si tu restes comme ça totalement tranquille, en faisant gaffe à ce que pas un brin d'herbe ne crépite sous tes pieds, tu inspires profondément et tu retiens ton souffle, si bien qu'aucun râle, aucun reniflement ne signale ton existence, et tu restes ainsi, tout simplement, et tu regardes, et il n'y a rien de plus, tu écoutes et tu regardes, ça dure trois, peut-être cinq minutes, et alors il devient possible de se figurer ce qu'il adviendra quand tu ne seras plus là. Trouver la sensation de ce que tu seras quand tu ne seras plus.

Bah, c'est des conneries.

Hier soir, Robis lui aussi est allé éteindre le feu. C'est peut-être pour ça qu'il était tellement crevé. Je me suis assise sur ses genoux. On s'est même bécotés un peu. J'ai filé un verre de vodka à Papi pour qu'il dorme et qu'il arrête de tousser. Mais malgré tout, on n'est arrivé à rien. Il a parlé et parlé à propos de ce sens de la vie, et puis il est rentré chez lui en titubant.

Un torse tout chaud comme ça contre moi – ça faisait des mois que je n'en avais pas senti de pareil. Tu enfouis ta main, tu tâtes un peu – c'est là ! C'est chaud, ça respire. C'est à toi. Ça grogne quelque chose dans son sommeil. Il te sent et t'étreint. Un bras lourd s'abat sur toi. Ou une jambe, c'est du pareil au même. Peut-être que c'est là qu'il se trouve, le sens ?

Peuh, la fumée plein les yeux.

Les doigts bleus de froid. *Vot*, tu traînes, tu traînes en plein vent du Nord, tu clopes les mains nues.

Les vieilles se sont évanouies, il n'en reste plus qu'une paire, je prends mon tour.

Allez hue ! *Priyéhali*. En avant ! Il ne reste plus dans la file que la vieille Kārta. Le nom colle bien à son apparence, on dirait qu'elle a avalé un manche à balai, grande, maigre, légèrement penchée comme sous l'effet du vent marin, elle vous regarde de travers, par en dessous, jamais droit dans les yeux.

– Hier soir à ce qui paraît, Robis est parti de chez toi vers minuit.

– D'où vient la notification ?

– La notification, elle vient de sa femme. On se demande ce qu'il peut attendre d'une vieille bique comme toi alors qu'il a un joli brin de femme qui l'attend à la maison.

– Qu'est-ce que tu veux, il faut bien… il faut bien en parler à quelqu'un du sens de la vie.

– *Pfff.*

Conserves. Lard. Nouilles. Farine. Pain – pain moulé. Cinq miches. Margarine. Le grand paquet. Les bonbecs pour Papi. Non, ceux à l'orange, il préfère. Tous ces trucs. Du mousseux ? Du *šampis*[41]. J'en ai envie, j'en bois. C'est comme ça.

Pousse, ma vieille, pousse ! Chouette retour en longeant la mer.

Le vent marin va se fourrer sous mes jupons, et jusque dans mes tifs – j'ai bien fait de prendre la veste ouatée de Papi.

Tu vas faire un crochet par chez lui, à l'autre bout du village, puis tu rattraperas le chemin au niveau de l'église.

Tu vas faire péter le *šampis* histoire de mettre un peu de peps dans le voyage.

41. Šampis, pour « Rīgas Šampanietis », le vin mousseux dit « champagne » de Riga. Il est produit depuis 1952 en Lettonie à base de raisins d'importation par la société Latvijas balzams, principale entreprise de production de vins et spiritueux de la région baltique (privatisée en 1997). (N.d.T.)

Faut dire qu'il est bon, ce *šampis*, il est sucré ; à chaque rasade, ça devient plus rigolo. Te fait tourner le sang, même les mains se réchauffent. La roue de la brouette s'enfonce dans le sable, il faut se rapprocher de l'eau, sur le bord, le sable est dur comme une table.

Je pense à la brouette. Je pense au *šampis*.

Je pousse et je bois. Je pousse et je bois.

Et point de mouette pour apporter des lettres.

Le vent me jette au visage des gouttes d'eau glacée, et pas possible de savoir si c'est de la pluie ou des embruns venus de la mer.

Là, à l'endroit où la route rejoint à nouveau la côte au-dessus du rivage, il y a depuis des années une énorme bobine en bois – un genre de bobine de fil agrandie des milliers de fois, aussi grande que la vieille table ronde en chêne. Quand j'étais étudiante, imbécile de moi, je m'étais mis dans l'idée de ramener ici les gens de ma promo. Et notamment ce mec, là, celui pour qui l'érotisme se passait dans la tête. Un genre de pique-nique – comme chez les gens chics. L'idée, c'était d'utiliser la bobine comme table. Le dessous était plein de sable accumulé par le vent, et le dessus, blanchi sous l'effet du soleil et du vent, était lisse et dur. L'endroit idéal pour le champagne et les toasts au saumon, les fraises écarlates et juteuses, les mûres bleu-noir ; pour des brunes sublimes en robe blanche avec des cerises en boucles d'oreilles ; avec les cris des mouettes ; au ciel, un cerf-volant doré ; au loin, le vrombissement des vagues…

Et les débats sur la poésie, la littérature, et… et comme de bien entendu, sur la même chose : le sens de la vie.

De toute évidence, je passais trop de temps à voir des films.

La décadence.

Je connais des mots comme ça – ce n'est pas pour du beurre que j'ai fait des études.

En fait, si je veux, je peux vous parler comme dans les livres. Mais je n'en ai pas envie. Je ne fais pas la conne. Les seuls mots que j'utilise, ce sont ceux qui me correspondent.

Enfin quand même, c'est dingue ce qu'on s'imagine quand on est jeune. Et puis ce *šampis* qui vous rend sentimentale – j'aurais mieux fait de prendre du pinard.

Voilà. La bobine est maintenant en train de partir en morceaux ; sur le dessus, il ne reste plus que quelques planches, tout le reste est enfoncé profond sous le sable ; émerge juste l'armature rouillée.

Ça non plus, ce n'est rien. Il faut réaliser ses rêves. Qui c'est qui a dit ça ? Moi, je l'ai dit.

À l'abri du vent derrière la bobine, il fait carrément chaud, et dans la bouteille, il reste encore un bon tiers.

La veste ouatée de Papi en guise de robe blanche, mais on s'en fout.

Le style n'a aucune importance, ce qui fait la différence, c'est la soif.

Je fermerai les yeux un instant et je ne ferai rien d'autre qu'écouter.

Je ne penserai à rien.

Même si de toute façon je ne pense rien.

Malgré la pluie et l'humidité, tu te laisses bercer par le vent et la mer, et le sommeil te tombe dessus, les yeux se ferment. Bourdon dans les oreilles.

Des sortes de voix te parlent. Comme la voix de Kārta, puis à nouveau comme celle de Papi.

De grosses gouttes de pluie te réveillent, l'air est devenu plus sombre, plus épais, le vent s'est calmé – momentanément.

Va savoir quand et comment la bouteille s'est vidée, goût dégueulasse dans la bouche, purée dans la tête.

Et le sens de la vie pas plus proche qu'avant.

Du mal à me mettre sur mes jambes, mal au dos, fourmis dans les pieds.

Pousse, ma vieille, pousse.

Putain, il pleut de plus en plus fort, le vent qui revient plus fort encore, en pleine tronche. Ça caille.

C'est comme ça avec ces fichus rêves.

Je ne vais plus pousser, je vais tirer.

Tirer c'est plus facile, au moins pour un moment.

Me voilà en haut de la dune. Le phare blanc se dresse sur fond de ciel noir.

Papi n'en pourra plus d'attendre, pauvre vieux.

Recouvert de tôle peinte en blanc, le toit de l'église ressort nettement sur le ciel. On dirait qu'il est recouvert de neige. Un essaim de corneilles tournoie autour du clocher. Ils sont bourrés ou quoi ces volatiles ? L'église est illuminée, dans l'obscurité, une chaleur hospitalière émane des fenêtres. On se croirait à Noël.

Entrer dans l'église ?

Non, là-dedans, personne ne m'attend.

Dieu vit ailleurs.

Et n'allez pas me dire que je suis bourrée.

Et le sens… le sens, il est peut-être dans le cri de ces corneilles, et dans la capacité que j'ai de l'entendre, et dans la silhouette de cette croix sur fond de ciel, et dans la capacité que j'ai de l'entrevoir.

Et d'entendre de la musique dans la mer.

J'ai les jambes qui partent un peu de traviole, mais ce n'est pas grave. Il n'y a personne pour me voir.

Et il faut se magner. Il y a Papi qui attend. On va couper à travers la forêt. D'abord, le sentier est large et ferme, mais bientôt il disparaît presque dans une flaque boueuse. Dans le coin, les bois sont marécageux. Par chance, aux endroits où il y a le plus d'eau, quelqu'un a mis des planches mais avec la brouette, pour rester dessus, il faut viser juste. Pas facile. Le marais sur la gauche semble droit sorti d'un film en noir et blanc de mon enfance, un conte russe adapté au cinéma. Les endroits comme celui-ci étaient des repaires de sorcières – des lieux où, dans un trou d'eau calme et radicalement immobile, se reflètent les branches inférieures mortes des sapins. Des lieux où, à tout moment, une sorcière pouvait apparaître, marmonnant avec mauvaiseté, un long nez reniflant et des pieds emmaillotés dans de vieilles sandales trouées ; elle filait à la surface de l'eau et vaquait à ses affaires de sorcières.

Maintenant, tu es toi-même devenue une sorcière de ce genre. Je suis moi-même une sorcière de ce genre. Je n'ai plus peur de rien. Ni des vivants ni des morts. Ce qui est bizarre, c'est que dans l'enfance, j'avais tellement peur. Des mauvais rêves qui parfois revenaient. Des fantômes. Des meubles qui, dans les ténèbres, se mettaient en mouvement et à vivre leur propre vie. Des poignées de porte qui, la nuit venue, se tournaient, et des portes elles-mêmes qui s'ouvraient en silence, sans jamais vraiment s'ouvrir.

Et de la mort, du néant, de l'infini.

– Papi, assieds-toi à côté de moi, j'ai des pensées mauvaises.

Et après le boulot, accablé par le labeur, Papi, qui sentait fort la sciure de bois fraîche, venait me trouver et s'asseyait, et il tenait ma petite menotte dans sa grande pogne veineuse et sèche, jusqu'à ce que je m'endorme. Ma petite lampe restait toujours allumée.

C'est quand même bien que ça passe.

Tout passe. Et on ne peut rien arrêter.

Mince, j'ai la goutte au nez, sans doute à cause de l'âge.

Papi a toujours une goutte qui lui pend au bout du nez.

Va savoir comment ça va là-dedans ? La maison est dans le noir, c'est ça – en partant, j'ai oublié de laisser la lumière allumée.

– Papi, je t'ai apporté des bonbecs !

J'allume la lumière. Papi est dans son lit, il ne bouge pas. Sa tête est bizarrement tordue. La face contre le mur.

Mort?

– Papi !

Ouf, vivant.

Il tourne la tête.

– Où diable es-tu allée traîner toute la journée ?

– Il y avait une queue pas possible au camion. Et puis c'était la galère pour pousser la brouette. Les dingues ont complètement labouré le chemin.

– Qu'est-ce qu'ils vont y faire, y planter des patates ou quoi ?

– Ils vont se lancer dans le tourisme.

– Qu'est-ce que tu racontes comme conneries ?

– Je t'assure, ils en parlent dans le journal. Un camping. Zone de loisir écologique.

– C'est quoi ces conneries ? Mais oui. C'est vrai que toi, c'est « Madame Je sais tout ».

– Voilà, mon cher Papi, tes bonbecs.

Je lui prends la main, je lui effleure doucement les cheveux.

– Va pas m'ébouriffer. Tu peux caresser le clebs, mais moi pas.

– Je ne te caresse pas, tu es con. Tu as la tête sale, faut la laver. Lancer le poêle, faire chauffer de l'eau. Je pense au bois de chauffage.

La fuite

Jānis Joņevs

On est au centre de Riga, en pleine zone de non-droit. À l'arrêt de trolleybus, sur le banc, quatre scélérats sont assis, une bouteille circule. Les mieux lotis sont bien sûr les deux du milieu, même si apparemment, chacun semble rester réglo – et malgré ces bonnes intentions, ils ne sont pas jolis jolis. Une nouvelle race serait-elle apparue ? Leur allure met à mal tous les critères d'âge – courts sur pattes, visages sombres. Ceux qui gravitent autour ne sont guère plus reluisants, l'un qui fait les cent pas, l'autre qui balance des molards qui sont des quasi-vomissements. Quelques retraités déboussolés errant un peu loin de chez eux. Lauris se tient à mi-distance. C'était quoi cette idée de venir attendre le trolley dans un endroit pareil ? Enfin qu'importe, il n'est pas fier, il s'en fiche. Il y a aussi un ado dont la présence pourrait se rattacher au monde normal, du moins pour l'instant. Il se dandine d'un pied sur l'autre, tripote son téléphone. L'imbécile ! Il fallait s'y attendre : soudain surgit du tunnel, comme des tréfonds de la Terre, une créature frétillante et néanmoins corpulente qui fond direct sur lui.

– C'est quoi comme téléphone ? C'est nouveau, dis ? C'est un aïe-phone ou c'est pas un aïe-phone ?

Le propriétaire répond d'une voix faiblarde, pas franchement ravi de l'intérêt de ce semblable pour son génial appareil.

– La batterie, elle tient la journée ?

Et le propriétaire du bien se met à en faire l'article comme s'il intervenait en direct sur un forum d'informatique.

– Et les photos, tu peux les faire vibrer ?

Les questions deviennent de plus en plus ésotériques, et le type sorti du souterrain fonce droit au but :

– Tu me le files, j'ai un appel à passer ?

L'ado n'a pas envie de le lui donner. Comment ça, ils bavardaient pourtant si gentiment. Même pour une minute, tu ne peux pas me le passer ? La batterie va lâcher tout de suite. Quoi ? mais tu viens de dire à l'instant qu'elle était super.

– T'as peur ou quoi ?

Peur ? Non pas le moins du monde ! Il s'écarte seulement deux pas plus loin, histoire de régler quelques affaires. Le grand le suit.

– Allez, je te laisse un truc en gage !

Et il lui tend sa casquette. Non merci, c'est pourri comme gage, un corbeau cacochyme n'y ferait jamais son nid. Mais il faut à tout prix que la transaction ait lieu, le grand est de plus en plus insistant, il cramponne déjà le téléphone à deux mains. Le grand beugle, mais l'ado ne lâche rien. Il y a plein de monde partout, mais chacun regarde ailleurs – qui scrute l'horloge de la gare, qui se plonge dans la contemplation de son petit délire intérieur. Enfin non, pas tous. Lauris suit de près la scène du téléphone. Il délibère en son for intérieur : « Il se passe quoi ? Rien. Franchement, il ne pourrait pas lui refiler son fichu téléphone ? Le mec a un peu picolé, certes, il gueule un peu fort, soit, mais ce n'est pas une raison ! » Le téléphone est désormais tout à fait entre les mains du grand. Il assure qu'il le rendra aussitôt, mais l'ado est suspendu à son bras. La situation lui déplaît fortement. « Il ne va pas tarder à lui rendre… Ils étaient sur le point de faire potes… De toute façon, si ça dégénère, je veille au grain… » C'est là qu'un autre type avance jusqu'à eux. C'est l'un des quatre affreux qui picolaient sur le banc. Il est plus petit que les deux jeunes. Du col de son blouson noir émerge une face de rat. Il interpelle le grand :

– Maintenant, tu lui fous la paix.

Et l'autre s'exécute sur-le-champ, lui rend le téléphone et en remet une couche dans le style mec bourré.

– J'ai fait quoi moi ? J'ai fait quoi ?

Il part. Rideau, l'incident est clos.

Conclusion : l'ado est content, le téléphone semble comme neuf, sans compter que, résultat de ces péripéties, l'écran tactile marche encore mieux qu'avant. Le grand a déjà tout oublié, seulement demeure au fond de son cœur un vague arrière-goût d'humiliation – enfin, c'est un peu tous les jours la même histoire. L'affreux qui règne sur l'arrêt de trolleybus est satisfait : il occupe pleinement la place qui est la sienne dans la vie. Lauris, lui, en revanche, est malheureux.

Ce soir-là, il rentre à la maison en se disant : « Je ne suis qu'un lâche ! » Il aurait pu prendre la défense du gosse. Il se souvient pourtant fort bien par le passé s'être retrouvé lui-même parfois dans une situation semblable, et il se figure parfaitement ce que le jeune a dû ressentir. Il avait d'ailleurs été à deux doigts d'intervenir. Si le grand n'avait pas voulu lui rendre son truc, il serait intervenu illico, c'est sûr. Cependant, le tueur de l'arrêt de trolleybus a été plus rapide que lui. D'où lui venait, à celui-là, cet atavisme de justicier ? Maudit soit ton courage, homme à la tête de rat ! Par son intervention, celui qui se retrouvait maintenant dans le rôle du lâche, c'était Lauris.

Piotr Mamonov[42] a dit quelque part que pour aller au ciel, il y a plusieurs chemins. Prenons par exemple cet officier, le plus jeune d'entre tous, un gars tout ce qu'il y a de plus banal. Un jour, pour sauver la vie de ses hommes, il se jette sur une grenade et hop ! part direct au paradis. Bien possible que cet officier leur gueulait dessus, qu'une fois ou l'autre, il avait ouvert leurs colis

42. Piotr Mamonov (1951-2021), acteur, musicien et parolier de rock russe, membre du groupe moscovite Zvuki Mu. (N.d.É.)

pour y piquer du lard fumé. Mais face à cette grenade, il s'était élancé sans mollir.

Personne ne gueule plus sur personne, le goût nous en est passé. Quant à voler des trucs aux autres, ça ne nous arrive pour ainsi dire plus jamais. Dans nos petites vies de comptable, tout n'est peut-être pas toujours très net, mais nous n'y sommes pour rien. On essaye juste de ne pas avoir à se salir les mains. Nous sommes des gars normaux et déjà, ce n'est pas rien. Mais nos grenades, elles sont où, hein ? Peut-être qu'on n'irait pas se ruer dessus comme des sourds, on se donnerait le temps de la réflexion, mais on se jetterait dessus tout pareil à la fin – ah ! ça oui ! Je peux vous le garantir, pas question de faire machine arrière !

Attention, malheureux ! N'allez pas vous méprendre sur ce que je viens de dire ! Je n'ai jamais dit qu'il nous fallait une bonne guerre. Notre nature paisible et nos doutes l'ont déjà gagnée une fois pour toutes, la guerre ; le mérite nous en revient. Et alors, se demande-t-on, que faut-il faire pour savoir foncièrement qui nous sommes ? Ne nous faudrait-il pas malgré tout quelques petites grenades bien gentilles ? Quelques occasions minuscules de prouver que nous avons du cœur.

Une fille l'attend à la maison, elle s'habille et dit :

– Je pars dans un instant.

Lauris défait sa basket et demande :

– Tu vas où ?

Elle se demande : « Est-il seulement capable de se rappeler le moindre truc ? », mais elle explique :

– Je pars en mission. À Londres.

– Oui oui, je sais. C'est bon, ça me revient.

Mais en lui-même il se dit : « Je me souviens de ce vieux bonhomme dans le passage souterrain. Il y avait ce Tzigane qui essayait de lui refourguer du parfum. Je suis passé devant, je me suis dit, y a pas de quoi en faire un plat. Le bonhomme s'est fait rouler sous mes yeux et j'ai laissé faire. »

La fille dit :

– Tu as l'air tout malheureux. C'est seulement pour la semaine, tu sais...

– Qu'est-ce que tu vas t'imaginer, c'est cool, au contraire. Je vais être plus peinard pour picoler.

Mais en fait, il se disait : « Il y a aussi cette histoire du moineau immobile au beau milieu du trottoir. On ne savait pas ce qu'il avait, mais il était là tout ébouriffé, infichu de voler. J'ai voulu le ramasser, le reposer dans l'herbe ou encore l'apporter à la SPA, mais je me suis ravisé en me disant que j'allais choper la grippe aviaire ou je ne sais quoi. Une jeune meuf s'est ramenée et elle a pris le moineau direct. Les filles sont tellement courageuses ! »

Lauris enlaça celle qui était la plus proche de lui.

– Qu'est-ce qui t'a pris d'aller te chercher un con comme moi.

Elle pensa : « Les mecs sont bizarres. »

Mais elle lui susurra :

– Enfin, qu'est-ce que tu racontes ? Tu es un vrai tigre !

Lauris avala la boule qu'il avait coincée en travers de la gorge. La fille eut soudain une idée.

– Mais non ! Suis-je bête ! C'est la verte qu'il faut mettre ! Pousse-toi !

Elle enleva la robe bleue. Lauris pensa : « J'ai eu trop de bol. Je l'ai pas méritée. Je suis une vraie merde. Mais dis-moi, cette petite culotte, elle est vraiment mini mini… »

– Mais qu'est-ce qui te prend ? Faut que je me magne…

– Grrrr !

– Bon, viens ! Mais vite fait… Dans le cul…

Évidemment, il y avait le soir même une fameuse soirée. C'est toujours comme ça : on commence à peine à se languir, à se morfondre, qu'aussitôt retentit l'appel à l'orgie. D'autres ont aussi observé que c'est toujours les soirs de bringue qu'on se retrouve avec du taf par-dessus la tête, que c'est toujours quand on est tout seul planté au comptoir que tout le monde est comme par miracle en week-end à Londres. Ainsi soit-il, c'est un fait, mais a contrario, quand on a pour unique aspiration de rester peinard dans son coin et d'afficher ostensiblement son affliction, c'est pile à ce moment précis que débarquent en fanfare les musiciens de

Brême. Les vieux potes historiques qu'on n'a pas vus depuis des lustres, les inconnus qu'on doit absolument vous présenter, ce concert privé exceptionnel à ne manquer sous aucun prétexte et que sais-je encore, qu'on oubliera aussitôt, mais où il faut se ruer séance tenante, c'est une évidence.

Seulement Lauris ne savait pas précisément où cette soirée allait avoir lieu, les indications étaient floues. Il avait acheté une bouteille de bourbon et s'était imaginé que, telle une boussole, celle-ci le conduirait direct vers le pôle où se concentraient les autres bouteilles. Apparemment, il y avait plusieurs endroits de ce genre dans le quartier, et, de porte en porte, Lauris erra, désemparé.

Devant l'une d'elles, il y avait un mec auquel Lauris ne trouva ni air de déjà-vu ni ressemblance avec qui que ce soit de connu. Peut-être était-ce à cause de ce visage déformé par l'aigreur. Lauris s'adressa à lui :

– Bien le bonjour ! Ce ne serait pas par ici, qu'on donne cette petite sauterie ?

Le mec ne daigna pas même le regarder, se contentant de lui répliquer :

– Va chier, laisse-moi penser tranquille !

« Un mec bougon qui gamberge ! » se dit Lauris qui, malgré tout, pénétra dans la maison comme s'il venait de recevoir un blanc-seing. « À quoi pouvait-il bien penser ? Ça semblait hyper important. » Ce ne fut qu'une fois arrivé au troisième étage que Lauris réalisa ce qui venait de se produire : « Mais le mec, en fait, il m'a carrément agressé ! » Il s'arrêta pour analyser la scène : « Il a dit quoi, au juste ? Va te faire foutre ? Non, ce n'était pas va te faire foutre… Plutôt genre : je regrette, il faut que j'y pense… voire : excusez-moi, je suis occupé… » C'est seulement que le « excusez-moi » était prononcé tout bas. Lauris fit demi-tour et revint sur ses pas. Il allait toucher deux mots à cet inconnu afin de comprendre mieux ce qu'il avait voulu dire, quel était le fond de sa pensée. Plus il s'approchait du bas de l'escalier, plus il était évident que le gars allait s'être tiré et plus, du coup, Lauris le haïssait. Une fois encore une occasion s'était offerte à lui de démontrer sa bravoure, et il l'avait laissé filer. Ce sale bouffon l'avait humilié et il allait poursuivre tranquillement sa route, triomphant. Je finirai bien par le retrouver un de ces jours et par lui régler son compte. En fait, le bouffon était toujours là au rez-de-chaussée, planté devant la porte. Apercevant Lauris, il lança :

– Vraiment désolé pour tout à l'heure !

Et Lauris de répondre :

– Mais enfin de quoi parlez-vous ? Je vous en prie…

Il tendit une cigarette à l'inconnu – pourquoi donc était-il redescendu ? Pour fumer sa clope, bien sûr ! Le mec lui demanda :

– La petite sauterie de ce soir, c'est ici ?

– Où voulez-vous que ce soit ? Ici même.

– L'appartement numéro 17 ?

– Lequel voulez-vous que ce soit ?

Pour montrer qu'il était parfaitement en règle, Lauris ouvrit le message d'invitation sur son téléphone.

– Non, en fait, c'est pas le 17, c'est le 23.

L'inconnu acquiesça sans résistance.

– On se retrouve là-bas !

– Tu m'étonnes.

Le mec avait l'air tellement familier que Lauris n'avait pas osé se présenter. À moins, au contraire, qu'il ne soit pas familier du tout. Lauris comprendrait plus tard. Il reprit l'escalier en sens inverse. Le mec resta dehors. Sans doute pour retrouver quelqu'un. « Mais à partir de maintenant, je n'attendrai plus rien, se promit Lauris. Des milliers de fois, j'ai attendu qu'il se passe quelque chose. Des milliers et des milliers de fois, j'ai eu ce pressentiment que quelque chose, de la façon la plus certaine du monde, allait arriver. Stop ! On arrête la paranoïa. On arrête de cracher à la gueule de l'existence. Je n'attends plus rien de rien, je me contente de vivre ma vie, et donc, ce soir, je socialise normalement. »

Pas une seule tête connue. Lauris déposa sa bouteille de bourbon sur la table aux boissons, il y avait surtout du vin, quelques trucs plus forts aussi, puis il partit en quête, voir s'il n'y avait pas un pote ou deux dans les parages. Après quelques tours, il n'avait trouvé personne, il apprit seulement au passage qu'il avait raté le fameux concert privé. « Ils n'ont pas traîné, se dit-il, mais du coup, les poteaux, ils sont passés où ? » Vraiment personne, et il se mit à douter de tout : était-ce bien la bonne fête ? Et était-ce bien lui-même et non pas quelqu'un autre qui se trouvait là, à cet instant précis ? Il revint à son point de départ devant la table aux boissons ; il retrouva sa bouteille de bourbon, se prépara un cocktail.

Derrière la fenêtre, la nuit tombait sur la ville et tout ce qui, à peine un instant plus tôt, était encore visible – toitures, corniches, cheminées – s'évanouit. Une fille était plantée là, face à la fenêtre. Lauris regardait la fille – pas dans les yeux. Ce n'était pas possible, vu qu'elle regardait dehors. Ses pensées s'égarèrent puis s'envolèrent, et soudain Lauris se retrouva au beau milieu d'une conversation, entendant quelqu'un qui lui disait :

– Ohé ! C'est à toi que je parle ! Il est où le Coca normal ?

Lauris jeta un coup d'œil vers la table sur laquelle étaient posées deux bouteilles de deux litres de Coca.

– Ça, c'est pas du normal ! C'est du zéro qu'il me faut !

Lauris dévisagea son interlocuteur en se disant : « Trop tard, mon pote ! » C'était un gros gars boudiné, suant, furibard parce qu'il s'était déjà servi un fond d'alcool brunâtre, mais qu'il ne trouvait pas ce qu'il voulait pour le diluer. Il n'arrivait pas à se calmer :

– Mon salaud, tu t'es tapé tout le Coca zéro ?

– Ton Coca zéro, même en rêve, je l'ai pas vu, et si je le voyais, j'irais cracher mon molard dedans !

Il s'étonna lui-même d'entendre ce qui sortait de sa propre bouche, lui d'habitude si aimable avec les étrangers – notons à sa décharge qu'il ne lui était pas toujours donné d'avoir en face de lui un interlocuteur aussi relou.

– Je vais t'arracher les pattes et te cogner dessus jusqu'à ce que l'envie m'en passe !

C'était complètement dingue ! Tout le monde lui sautait à la figure ce soir-là ! Mais cette façon de parler l'interpella et l'incita, en un éclair, à lever les yeux vers le gros type en face. Lequel lança :

– Il n'y en a pas deux pour mater les autres avec un air aussi débile !

Ça alors, Herberts ! – ils étaient ensemble au bahut ! Seulement le bougre s'était sacrément empâté, embourgeoisé, au point d'en être méconnaissable, mais c'était bien lui, sûr et certain.

– Du Coca, pour quoi faire ? Avant, tu pouvais couper ta vodka avec la flotte de la mare.

Fallait voir un peu de quoi il était capable, le Herberts ! Dans un train en marche, juste pour se marrer, il était fichu de se mettre à passer d'une fenêtre à l'autre. L'air consterné, il posa son verre sur la table ; dans la corbeille à fruits, prit une grenade qu'il se mit à malaxer.

– C'est ce qu'on appelle devenir adulte, mon petit gars. D'ailleurs, il serait peut-être temps d'essayer d'y penser.

Lauris voulut l'embrasser pour ce certificat de jouvence qu'il venait de lui délivrer, mais il n'était pas certain d'avoir pour cela les bras assez longs.

La fille s'éloigna de la fenêtre, s'approcha de la table dont les deux gars ne décollaient pas et leur dit :

– Y a quelqu'un là dehors, sur le toit.

Herberts, qui n'avait rien trouvé à faire de cette grenade, la balança sur Lauris et repartit avec son verre sans Coca. « Ça alors ! Il le boit pur ! C'était en fait pour la fille ! » comprit Lauris. Par esprit de compétition, la fille trouva aussitôt grâce à ses yeux. Lauris engloutit son cocktail et se servit pour lui-même un bourbon sec, tout en gardant, pour une raison qui nous échappe, la grenade sous le bras. Aucun des deux n'avait écouté ce que la fille venait de dire, et celle-ci se mit à chercher quelque chose dans son téléphone.

– Ah oui ! ça fait un bail, ça fait un bail, hein ? Pas vrai, vieux ? fit Lauris.

– Ça fait un bail, ça fait un bail, ben quoi ? répliqua Herberts.

– Ouh ouh ! Ah ça ! Nous avant, alors là, ouh ouh ouh !

Chacun remplissait son verre, et pas question de couper sa dose avec quoi que ce soit d'autre. Et Lauris poursuivit :

– Mais en fait, du Coca, t'en avais pas besoin ! Eh, dis ! Tu te rappelles la fois où on s'était tous mis à balancer des haches et où on avait fini par bouffer du poisson cru ?

– Ah, non ! Désolé, mon vieux, mais sur ce coup-là, tu n'étais pas là !

C'était vrai. De cette fête-là, Lauris n'avait fait qu'en entendre parler. Mais quel besoin ce salaud d'Herberts avait-il de lui faire remarquer ? Il se rembrunit et déclara :

– On se ramollit, vieux. Whisky, sushis. Avant, on picolait comme des mecs normaux, maintenant, on est bon qu'à tiser comme des larves.

– En plus, avec ce poisson cru, j'avais chopé le ver solitaire.

Lauris ne l'écoutait plus.

– À l'époque, il y avait des aventures, on vivait des trucs…

Il n'avait pas remarqué qu'il y avait juste à côté de lui un mec à barbe qu'il ne connaissait pas et qui vint se mêler à la conversation.

– Moi, en tout cas, je suis resté un rebelle ! Vous n'avez qu'à voir, je me trimbale toujours en futal d'armée ! J'ai pas peur de sauter dans les flaques !

Herberts s'intéressa :

– Dans les flaques, vraiment ?

– Mais oui, ça m'arrive !

– Juste trop *crazy* comme mec. Peut-être que tu prends des risques de dingue, non ?

La fille avait trouvé dans son téléphone une oreille attentive :

– « L'homme letton est animé par un instinct autodestructeur. »

– Tiens, on parle de toi ! fit Herberts au barbu en le pinçant. La fille poursuivit sa lecture :

– « Pour la psychothérapeute Kristīne Ašmane, le besoin d'adrénaline, le désir de se sentir vivant sont autant de raisons qui poussent le mâle letton à mettre sa vie et sa santé inutilement en péril. »

Nul ne savait plus vraiment quoi dire. Herberts proposa :

– On ferait bien mieux d'en pousser une petite !

C'était vraiment la bonne idée à avoir, et aussitôt les gorges se déployèrent :

À la guerre, mon frère est tombé,
Mais ce soir, son blanc destrier,
C'est bien lui que j'entends venir,
Que quelqu'un vienne lui ouvrir !

De ses malheureux doigts gelés,
Sur la vitre il peine à frapper,
La mère en son sommeil profère
Fils ! ce n'est que le vent d'hiver !

Puis enfin, avec plus d'émotion encore, *mezzo voce* :

Je l'aurais bien laissé entrer,
Mais vois cet œil de chat briller !
Devant la maison, à cette heure,
Je suis tout frémissant de peur.

La fille signifia son avis sur la chanson en leur tournant le dos et se plantant de nouveau face à la vitre, le regard absorbé par le dehors. Quelque chose l'intriguait, elle ouvrit la fenêtre.

– Pour fumer, c'est dans la cuisine !

Une voix surgissant de nulle part, probablement celle du propriétaire. La fille se pencha par la fenêtre, très loin vers l'avant, ce qui souleva sa jupe, dévoilant des porte-jarretelles en dentelle. Elle s'expliqua :

– Il y a un chat.

« Elle a des visions, elle voit des chats partout », analysa laborieusement Lauris. Comme si cela avait pour quiconque le moindre intérêt, les gens s'agglutinèrent devant la fenêtre.

– Où il est ? Y a rien du tout.

Mais en fait, c'était vrai, lorsqu'on regardait assez longtemps dehors, jusqu'à n'en plus pouvoir, on distinguait deux yeux verts. Un esprit pratique alla chercher un projecteur prévu initialement pour donner son ambiance à la piste de danse et tourna le faisceau de lumière vers l'extérieur.

– Ouais ! Le voilà !

La fille montra du doigt la direction. Sur un toit de verre, un demi-étage en dessous, on pouvait apercevoir une petite boule poilue. Ça alors ! C'est si petit que ça, un chat ?

– C'est un chaton, tout jeune, tout mimi. Qu'est-ce qu'il a fichu pour se retrouver là ?

Lauris n'était pas certain qu'il ne s'agissait pas en vérité d'un agglomérat de bourre de peuplier, mais il se trouva que le barbu appartenait à cette catégorie de gars qui savent tout sur tout.

– Oui, c'est ça. C'est le genre de chat de gouttière qui vit dans les gouttières. Il y en a plein des comme ça.

– Mais enfin, des si petits que ça...

– Ohé, faites gaffe bon sang ! Courant d'air !

C'était un cri de détresse lancé depuis les profondeurs de l'appartement par un spécimen de l'espèce des vautrés sur canapé, mais il resta sans suite. Le chat de gouttière bougea un peu, c'était vraiment un chat, un tout petit chat. Il fit un pas en avant, mais il ne connaissait pas encore les ficelles du métier de chat, il dérapa puis glissa sur le ventre jusqu'au toit du dessous. Peut-être trouvait-il ça très marrant, mais il s'approchait dangereusement du bord, du vide, et donc d'une hauteur de trois étages qui le séparaient du sol. Du tramway. Les filles imploraient.

– Il faut faire quelque chose !

L'une d'elles paniquait pour de bon. Le petit chat gigota par désœuvrement et glissa encore un mètre plus bas.

– Il faut appeler les pompiers !

Le barbu pérora :

– Dans le meilleur des cas, les pompiers arriveront dans une demi-heure – si jamais ils arrivent, parce qu'au jour d'aujourd'hui, avec les bouchons... Et pendant ce temps, le chat dégringole vers le bas à vitesse accélérée. Un mètre toutes les trois minutes. Pour arriver au bord, il lui reste… Ça va jamais le faire… C'est plié.

Herberts lui rétorqua :

– Ben quoi alors ? Un mec comme toi qui n'a pas peur des flaques !

Lauris eut à nouveau le sentiment que ça finirait comme d'habitude – quelqu'un d'autre, le barbu ou n'importe qui, allait faire à sa place l'action qui lui revenait de droit. Il avait supplié qu'on lui permette un jour de se trouver dans une situation comme celle-ci (peut-être pas exactement celle-ci, mais on se comprend). Et une fois encore, on cherchait à l'en priver. Les chats ou les défis entre mecs n'avaient rien à voir là-dedans, il s'agissait d'un message qui lui était adressé à lui, personnellement.

– Non ! ce coup-là, c'est pour moi !

Ainsi s'écria-t-il, comme s'il était lui-même coupable d'avoir envoyé ce chaton de rien du tout sur le toit. Lauris fendit le petit attroupement et hop ! s'élança par la fenêtre.

Il ne faut pas non plus s'imaginer un saut extraordinaire, il n'y avait qu'à enjamber la margelle. Le toit était juste sur le bord. Lauris se sentit envahi par l'air du soir et aussi par tout ce bourbon englouti qui soudain faisait son effet. « Voilà exactement ce qu'il me fallait ! » murmura-t-il, et il tenta de faire un premier pas devant lui. Le craquement fut immédiat, cette toiture était en verre, effectivement. Ce qu'il fallait, c'était tâcher de prendre appui sur les poutres. L'instant était bel et bien tel qu'il l'avait rêvé, il était bien ce héros sous la lumière des projecteurs, et ce n'était vraiment pas le moment de faire dans son froc. Le toit, de surcroît, était passablement incliné. Ce trajet pouvait se terminer de toutes sortes de façons et dans toutes les directions. Ne penser qu'au pas suivant. Puis au pas suivant.

Le chaton était maintenant carrément tout près. Pas plus gros que le creux de la main, tout poilu. On pouvait regarder au fond de ses yeux, où se lisaient à la fois de la crainte et de l'effronterie. Lauris tendit la main – il se demandait comment appeler une créature qui n'avait pas de nom. Viens là, je te baptiserai après.

L'espace d'une seconde, le chat se démultiplia, non pas par la taille, mais par l'agilité. Il lui fila entre les doigts, cavala vers le haut, dégringolant quelques fois, puis, au prix de quelques bonds cocasses, progressa notablement en direction de la fenêtre qui donnait sur la fête.

– *Kaķi kaķi kaķi !*

Les meufs criaient au chat comme pour exiger qu'on leur joue le vieux tube d'Hospitāļu iela[43].

– Fais gaffe !

Lauris sentit une émotion inconnue monter en lui. Depuis la fenêtre, une voix féminine retentit :

– Ça y est, je l'ai ! Oh non ! Il m'a pissé dessus !

---

43. Groupe emblématique de la scène alternative lettone (1997-2011), mené par le chanteur et guitariste Edgars Šubrovskis. (N.d.T.)

Il est génial ! reconnut Lauris, secoué par un rire d'admiration. Il n'avait pas souvenir de s'être un jour senti aussi bien. La fenêtre claqua. Pourquoi donc ? Un courant d'air ? Mais devant la fenêtre, il n'y avait plus personne, il vit que la mêlée d'humains et de chaton se déportait vers l'intérieur de l'appartement. Non, mais ça alors, ils m'ont oublié, carrément. Génial. Les héros, ils s'en foutent. Une robe mouillée, un petit chat, et voilà. Peut-être qu'ils vont se mettre à lui chercher un nom ! Vous en seriez bien incapables ! Et puis d'abord, ce chat n'est pas le vôtre !

Et moi non plus, d'ailleurs, je ne suis pas des vôtres. Et c'était la pure vérité. Lauris était assis là, tout seul sur ce toit. Que faire ? Attendre que quelqu'un se souvienne de sa présence ici ? Revenir en arrière, frapper à la fenêtre ? Il n'était pas sûr du tout de pouvoir faire le chemin inverse. Il regarda autour de lui. Vers le bas. Le fleuve s'écoulait, le tram s'écoulait, la foule s'écoulait. Lui seul était tombé sur le bas-côté de l'existence, centre inerte au milieu de l'univers. Derrière une autre fenêtre, la lumière était allumée. Lauris vit au mur des photos de chats. Il y avait un lit, et dans le lit un homme. Son visage était blanc comme les draps, et il semblait terrorisé. Lauris lui fit un petit signe de la main, tout va bien ! Mais le type dans son lit ne lui rendit pas son salut. Il y avait dans l'univers un deuxième centre inerte.

Un bruit perçant comme une aiguille, ça ressemblait vraiment à un coup de feu. Un chœur de hurlements.

Non, dans la chambre du gars endormi, rien n'avait bougé. Un feu d'artifice ? Le monde serait en train de faire la fête sans nous ? Lauris regarda en direction de l'appartement où la soirée battait son plein. Une silhouette était parfaitement distincte, il la reconnut. C'était celle du mec grognon avec qui il avait échangé quelques mots en bas. Il avait le bras tendu vers le plafond, et à son extrémité, il y avait un revolver. Il tira une deuxième fois, des gravats de plâtre tombèrent, il cria, des paroles fusèrent, cinglantes et précises. Personne ne répondit. « Mais pourquoi ? Encore le même coup que d'hab… » voulut se lamenter Lauris. Mais non. Il comprenait. L'animal lui épargnait à la fois la mort et la poltronnerie. La fenêtre s'ouvrit à nouveau, sans doute quelqu'un venait-il de faire claquer la porte d'entrée. Le chaton se faufila à l'extérieur, cligna des yeux et reprit le train de ses affaires de chat.

LES AUTEURS

Pauls Bankovskis, écrivain et journaliste, est né en 1973 à Līgatne. Il a étudié l'art du verre à l'École des arts appliqués de Riga et la philosophie à l'université de Lettonie, de 1992 à 1996. Il publie dès l'âge de vingt ans, et s'affirme très vite comme une voix importante. On lui doit une œuvre variée où paraissent romans, recueils de nouvelles, essais et scénarios de films. Puisant d'abord son inspiration dans l'histoire lettone, ses mythes et ses légendes, il s'est ensuite intéressé aux réalités du passé soviétique récent et aux perspectives d'avenir. En 2007, Pauls Bankovskis publie son premier livre pour enfants, *Mazgalvīši spēlē mājās*, qui a reçu le prix international Jānis-Baltvilks. Ses œuvres ont été traduites en allemand, tchèque, finnois et anglais. Son roman *18*, publié dans une série de romans historiques consacrés à l'histoire de la Lettonie au XXe siècle, qui raconte 1918, l'année de la déclaration de la république de Lettonie, a été sélectionné pour le prix annuel de Littérature lettone en 2015. Pauls Bankovskis est mort à Riga le 12 juillet 2020 quelques mois après le décès de sa compagne, l'écrivaine Andra Neiburga.

Jānis Joņevs est né en 1980 à Jelgava. Titulaire d'un master d'études françaises de l'Académie de la culture de Lettonie, il commence à publier des critiques littéraires dans la presse dès 2002, dans des revues comme *Literatūra un Māksla, Neatkarīgā Rīta Avīze, Luna, Kultūras Forums* et *Latvju Teksti*. Jānis Joņevs a en outre traduit *Dans la solitude des champs de coton* de Bernard-Marie Koltès (revue *Luna 12*), *Douze douzains de dialogues ou Petites scènes amoureuses* de Pierre Louÿs (Portail Satori, 2004) et *Le Grand Cahier* d'Agota Kristof (2007). Auteur également d'un album pour enfants, *Slepenie svētki* (*Les Fêtes secrètes*, éditions Liels un mazs), c'est en 2014 qu'il rencontre un succès d'ampleur avec la parution chez Mansards de *Jelgava 94*, chronique de la ville de Jelgava dans les années 1990 et le récit d'une passion de jeunesse pour la culture alternative, le grunge et le heavy metal. *Jelgava 94* s'est vu décerner de nombreux prix, dont le prix du Premier roman dans le cadre du prix annuel de la Littérature. Il a été traduit dans de nombreux pays et, en France, par Nicolas Auzanneau sous le titre *Metal* (éditions Gaïa). Jānis Joņevs a été le lauréat letton du prix de Littérature de l'Union européenne en 2014.

Arno Jundze, né en 1965, est écrivain, journaliste culturel, critique littéraire et théoricien. En 1996, il a obtenu un doctorat en philologie. Il a animé plusieurs émissions littéraires à la télévision, notamment *100 g kultūras* et il est l'un des créateurs de l'émission *Melns uz balta* sur la chaîne LTV1, laquelle propose des reportages et des entretiens avec des écrivains lettons. Arno Jundze a été en outre le rédacteur en chef de la section des actualités culturelles de l'un des plus grands quotidiens lettons entre 2005 et 2020. Il est actuellement à la tête de l'Union des écrivains lettons. Ses livres pour enfants ont été nominés pour le prestigieux prix Jānis-Baltvilks. Il est notamment l'auteur des livres pour enfants *Ķiparu Ļerpatu Šnirks* (2003), *Ķiparu Ļerpatu Čieps* (2008, nominé pour le prix Jānis-Baltvilks, le prix Zelta Ābele et le prix annuel de Littérature lettone) et *Šušnirks un pazemes bubuļi* (2019), le recueil de nouvelles *Gardo vistiņu nedēļa* (2012) et cinq romans : *Putekļi smilšu pulkstenī* (2014), *Bergs un relikviju mednieki* (2015), *Sarkanais dzīvsudrabs* (2018), *Vienīgais liecinieks* (2021) et *Es nemiršu nekad* (2022).

Sabine Košeļeva est née en 1989 à Liepāja. Elle a étudié le journalisme à la faculté des sciences sociales de l'université de Lettonie et est titulaire d'une maîtrise de création littéraire à l'université de Liepāja. Elle a fait son entrée en littérature en 2015 avec le roman *Rīga-Moscou. Une histoire d'amour du XXIe siècle*, nominé la même année pour le prix de la Littérature lettone dans la catégorie « premier roman ». Suivirent, en 2019, le recueil de nouvelles *Vientulības ministrija* (2019) et le livre pour enfants *Gurķis Elmārs, kas dikti kreņķējas*. Sabine Košeļeva publie régulièrement dans des périodiques, tient la rubrique culturelle du portail *Delfi* ; son travail interroge entre autres les enjeux soulevés par la quête spirituelle, la recherche de sa place dans la vie, la guérison des traumatismes, les valeurs morales, la violence physique et psychologique et la sexualité.

Svens Kuzmins, né en 1985 à Rēzekne, est écrivain, artiste et comédien. Il écrit principalement de la fiction en prose, des articles critiques pour les journaux, mais expérimente également diverses formes d'arts visuels et de littérature. Svens Kuzmins a étudié la peinture et le graphisme à l'École des arts appliqués de Riga et à la Manchester Metropolitan University, fort de la certitude que l'écriture a plus en commun avec la pratique artistique qu'avec la linguistique. Il est activement impliqué dans d'autres projets médiatiques et est connu du grand public comme l'un des initiateurs et auteurs du projet de théâtre à sketchs NERTEN. *Pilsētas šamaņi* (Dienas Grāmata, 2016), très chaleureusement accueilli par la critique et nominé pour de nombreux prix, est le premier recueil de nouvelles de Svens Kuzmins, illustré par lui-même. L'auteur a récemment publié son premier roman *Hohma* (Dienas Grāmata, 2019), l'histoire d'une petite ville lettone et de ses habitants. Suivront *Dizažio* (2021) et *Skaistums un nemiers. Kārlis Skalbe* (2023). Ses œuvres ont été traduites en anglais, russe, lituanien, estonien et espagnol et publiées sur diverses plateformes.

Andra Neiburga est née à Riga en 1957. Diplômée de l'École des arts appliqués de Riga en 1977, elle s'est imposée sur la scène littéraire lettone dans les années 1980 avec notamment la publication de *Spīdēja saule* en 1985. Son premier recueil, *Izbāzti putni un putni būros* (1988), succès aussi bien auprès du public que de la critique, aborde la question de l'encagement des hommes par eux-mêmes. La même année paraît dans le magazine *Avots* sa traduction de *Cœur de chien* de Mikhail Boulgakov. Elle publie par la suite quelques nouvelles et un livre pour enfants, *Stāsts par Tilli un Suņu vīru* (1992), avant de cesser d'écrire. Elle revient en 2004 avec un recueil de nouvelles intitulé *Stum, Stum* – dont est issue la nouvelle éponyme « Pousse pousse » du présent recueil – qui confirme l'influence de l'auteure sur la scène littéraire lettonne et se voit décerner le prix Diena la même année. Andra Neiburga s'est éteinte à Riga le 2 mars 2019.

Nouvelles de Lettonie

34 rue Ramey – 75018 Paris
Tél : 01 53 28 03 05
contact@editions-magellan.com
www.editions-magellan.com
ISBN : 978-2-35074-751-4
Imprimé en France par SEPEC Numérique à Péronnas
Dépôt Légal – 4e trimestre 2023

IMPRIM'VERT®

PEFC 10-31-3532